PURE
BRED

순혈의 헌터

류화수 장편 소설

FUSION FANTASTIC STORY

HUNTER

순혈의 헌터 8

류화수 장편 소설

초판 1쇄 찍은 날 § 2015년 10월 23일
초판 1쇄 펴낸 날 § 2015년 10월 30일

지은이 § 류화수
펴낸이 § 서경석

편집책임 § 이창진

펴낸곳 § 도서출판 청어람
등록번호 § 제387-1999-000006호
등록일자 § 1999. 5. 31
어람번호 § 제1-2270호

주소 § 경기도 부천시 원미구 부일로 483번길 40 서경B/D 3F (우) 14640
전화 § 032-656-4452 팩스 § 032-656-4453
http://www.chungeoram.com
E-mail § chungeorambook@daum.net

ISBN 979-11-04-90483-7 04810
ISBN 979-11-04-90328-1 (세트)

순혈의 헌터 [완결]

8

류화수 장편 소설

FUSION FANTASTIC STORY

HUNTER

도서출판 청어람

Contents

제1장
아이

PURE
BRED
HUNTER

엘프와 전투를 벌인 지도 한 달이 지나가고 있었다.

한 달 동안 엘프가 기운을 사용한 적이 없었기 때문에 나는 대부분의 시간을 집에서 보냈다.

몬스터 월드로 넘어가 그를 찾아본 적도 있었지만 소용없는 일이란 걸 알았다.

넓어도 너무 넓은 몬스터 월드를 돌아다니며 그를 찾는 일은 불가능했다.

덕분에 나는 집에서 지내는 시간이 늘어났고, 부인들과의 금실이 좋아졌다.

오늘도 평소와 다름없이 두 명의 부인에게 키스를 하며 눈을 떴다.

밤사이 많은 일이 있었기에 제대로 눈도 뜨지 못하는 그녀들이다.

특히 카린은 눈을 뜰 생각조차 하지 못하고 있었다.

이자벨이야 뱀파이어이니 인간보다 체력이 좋았기에 거뜬히 아침을 맞이했다.

"카린이 이상해요. 몸이 좋지 않아 보이네요."

이자벨의 말을 들어보니 카린의 상태가 정말 좋지 않아 보였다.

카린도 각성자다.

각성자는 일반 사람보다 강한 육체를 가지고 있기에 병에 걸리는 일이 거의 없었다.

하지만 카린의 이마에 송골송골 맺혀 있는 식은땀을 보면 그녀는 아픈 게 확실했다.

"카린, 정신 좀 차려봐. 갑자기 왜 그래? 어제 너무 무리해서 그런 거야? 정신 좀 차려봐."

급히 그녀를 깨우자 그녀는 멍한 눈으로 나를 바라보았다.

이래서는 안 되었다.

나는 얼른 그녀를 업고 마을 진료소로 달려갔다.

치료 능력을 가진 각성자와 의사가 머물고 있는 진료소에 도착하자 진료 준비를 하고 있던 의사들이 나에게 풍겨 나오는 심상치 않은 기운을 감지하고는 급히 달려왔다.

"카린이 아픕니다. 어서 치료해 주세요. 제대로 눈도 뜨지 못하고 열도 나는지 땀을 흘리고 있습니다."

생명의 기운이 사라진 것이 너무도 아쉬웠다.

생명의 기운만 있었다면 카린의 고통을 줄여줄 수 있었을 것이다.

"확인해 보겠습니다. 잠시만 기다려 주십시오."

의사들이 카린에게 달라붙어 진료를 했다.

의사들이 나보다 더 뛰어난 의술을 가지고 있다는 건 알고 있었지만 불안한 마음은 사라지지 않았다.

한참이나 카린의 몸을 구석구석 진료하던 의사들이 희미한 웃음을 지었다.

지금 자기 부인 아니라고 저렇게 막 웃어도 되는 거야?

"축하드립니다. 임신입니다."

번개가 쳤다.

의사의 말을 듣는 순간 사고 회로가 멈춰 버렸다.

임신이라니? 내가 애 아빠가 된다는 말인가?

도무지 실감이 나지 않았다.

"그런데 카린은 왜 이렇게 아픈 겁니까?"

"임신 초기 증상입니다. 며칠만 지나면 씻은 듯이 좋아질 겁니다."

"제가 정말 아빠가 되는 겁니까?"

"그렇습니다. 축하드립니다."

"오~ 예! 감사합니다! 정말 감사합니다!"

새로운 생명이 태어난다는 것은 축복받을 일이다.

게다가 새로운 생명이 내 피를 이어받은 자식이라면 두말할 나위가 없다.

나는 의사들에게 연신 감사의 인사를 표하고는 카린을 끌어안고 집으로 돌아왔다.

이 기쁜 소식을 이자벨과 동생들에게 전해주고 싶었다.

"이자벨, 내가 아빠가 된대! 카린이 임신했대! 우와아아!"

"정말인가요?"

침대에 누운 카린의 배에 자신의 귀를 가져다 대는 이자벨이다.

이제 며칠 되지도 않은 뱃속의 애기가 느껴질 리 만무했지만 이자벨은 한참이나 카린의 배에서 머리를 떼지 않았다.

"카린이 아기를 가졌다면 우리는 어떻게 해야 되는 거예요? 저는 인간의 아기를 받아본 적이 없어 잘 모르겠어요."

"나도 마찬가지야. 나도 아기는 처음 가져 보는 거라서 어떻게 해야 할지 모르겠어. 도움이 필요해."

나는 집 밖으로 뛰어나가 소리쳤다.

"우리 카린이 아기를 가졌답니다! 동네 사람 중에 아기를 가져 본 경험이 있는 사람들에게 조언을 구합니다!"

흥분한 마음에 목소리가 커졌고, 미세하지만 드래곤 피어가 섞여 들어간 내 목소리를 들은 마을 사람들이 집 밖으로 뛰쳐나왔다.

아직 이른 시간이기에 농사일을 나가지 않은 사람들은 모두 집 안에 있었다.

"축하드립니다!"

"축하해~"

"드디어 아빠가 되는구나!"

나는 많은 마을 사람들의 축하 인사를 받았고, 여러 아주머니들이 나서서 카린을 보살펴 주겠다고 했다.

미숙한 나보다는 경험이 있는 아주머니들의 도움을 받는 것이 더 나을 것 같아 아주머니들을 데리고 집 안으로 돌아왔다.

"아기를 가졌을 때는 모든 것을 조심해야 해요. 이렇게 딱딱한 베개도 좋지 않고 절대 안정이 필수예요. 바깥 활동은 자제하는 게 좋긴 하지만 그래도 건강한 아기를 위해서는 꾸준한 운동이 필요해요."

너무도 많은 말을 한 번에 쏟아내는 아주머니들이었고, 나와 이자벨은 그녀들의 말을 받아 적기에 바빴다.

그러는 동안 카린은 어느 정도 몸을 회복했는지 몸을 일으키려고 했다.

"그냥 누워 있어. 카린, 고생했어. 고마워."

"제가 어머니가 되는 건가요? 믿기지 않아요."

사슴 같은 눈망울에 눈물이 그렁그렁 맺혔다.

나는 그녀의 눈물을 닦아주며 꼭 안아주었다.

"아기를 가진 사람한테는 생강하고 모과차, 토마토가 그렇게 좋대."

아주머니들이 한 말을 받아 적은 수첩을 보며 카린에게 말했다.

"하지만 마을에는 그런 음식이 없잖아요."

없으면 구하면 된다.

대구가 그렇게 작은 도시는 아니었다.

어디인가에는 분명 그런 음식이 있을 것이다.

"내가 구해 올 테니까 잠시만 기다려 봐."

나는 급히 시청으로 향했다.

이전에 있던 시청에 여러 부서가 개편되어 도시의 발전을 위해 노력하고 있었다.

나는 시청에 도착하자마자 모든 인원을 불러 모았다.

"현재 도시에 생강이나 모과, 그리고 토마토 같은 작물이 있나요?"

갑자기 바쁘게 일하고 있는 자신들을 불러내 헛소리를 하는 나를 멍하니 바라보고 있던 사람 중 한 명이 입을 열었다.

"없습니다. 토마토는 물론이고 모과도 없습니다."

"그래도 혹시 모르니 도시 전체에 알려주세요. 세 가지 음식을 찾는 사람에게는 큰 포상을 하겠습니다. 부탁드립니다."

도시의 발전을 위해 열심히 일하고 있는 그들이지만 나에게는 도시보다 카린의 뱃속에 있는 아기가 더 중요했다.

그들이 나를 팔불출이라고 놀려도 괜찮았다.

도시 사람들은 큰 포상을 기대하며 세 가지 작물을 찾으러 다닐 것이고, 분명 어딘가에는 그 작물들이 있을 것이다.

오후가 돼서는 부대원들까지 투입해 작물을 찾으러 다녔기에 이제 도시에서 내가 그 작물을 찾는다는 것을 모르는 사람은 아무도 없었다.

"용택아, 대구에는 없나 본데. 토마토, 모과는 처음부터 기대도 안 했는데 생강도 없네."

반나절 동안 돌아다녔지만 수확이 없어 쓸쓸히 집으로 돌아갔다.

집으로 돌아가는데 형식이가 나를 기다리고 있었다.

지금 시간이면 엘프의 마을에서 정령술을 배우고 있어야 할 형식이다.

"형식아, 오늘은 엘프 마을에 안 갔네? 벌써 정령술이 지겨워진 거야? 하긴 꼭 배울 필요는 없으니 가기 싫으면 안 가도 돼."

형식이는 아직 어렸다.

괜히 하기 싫은 공부를 시키고 싶지는 않았다.

"그런 거 아니라구. 형수님이 애기를 가져서 형이 임신했을 때 좋은 음식을 찾으러 다닌다고 해서 내가 엘프 마을에서 여러 가지 음식을 가져오느라 빨리 온 거라고."

형식이는 뒤에 숨긴 보따리를 보여주었는데 그 안에는 생전 보지 못한 여러 가지 채소가 들어 있었다.

"장로님이 그러는데, 임신했을 때는 여러 가지 영양분을 골고루 흡수하는 것이 가장 중요하대. 엘프들은 임신을 하게 되면 이 채소를 꼭 먹는대. 신진대사를 활발히 해주고 감기 같은 질병 예방에도 좋은 채소라고 해서 내가 엘프 마을에 있는 거 다 따 왔어."

"형식아, 잘했어. 고생했어. 그런데 장로한테 말하고 따 온 거지?"

"아니, 그냥 따 왔어. 형수님이 애기를 가졌다고 하는데 그런 거 신경 쓸 틈이 어딨어. 내일 말하면 되지. 빨리 이거 가지고 가."

역시나 내 동생이었다.

내가 드워프 광산을 턴 것처럼 형식이는 엘프의 농장을 털었다.

"그래, 내일 엘프 마을 갈 때 마정석이나 한 보따리 들고 가면 되겠네."

"엘프들은 딱히 마정석이 필요 없긴 한데 그래도 빈손으로 가는 것보다는 좋을 것 같아."

형식이가 가지고 온 엘프 농장 채소를 가지고 집으로 들어갔다.

생으로 먹어도 좋지만 갈아서 먹으면 더 효능이 좋다는 형식이의 말에 단숨에 채소들을 손으로 으깨 즙을 내어 카린에게 가지고 갔다.

"이게 임신했을 때 그렇게 좋은 채소 즙이거든. 쭉 마셔 봐."

카린은 토라진 모습으로 채소 즙이 담긴 컵을 건네받았다.

"저는 이런 채소 즙보다 당신이 옆에 있는 게 더 좋답니다."

"미안해. 나는 자기 몸이 걱정돼서 그렇지."

"걱정되면 앞으로는 제 옆을 지켜주세요."

"알았어. 걱정하지 마. 이제는 근처에 있을 테니까."

채소 즙을 마시고 나자 카린은 다시 잠에 빠져들었고, 나는 그녀의 잠을 방해하지 않기 위해 거실로 나왔다.

거실에는 이자벨이 멍하니 앉아 있었다.

"무슨 걱정이라도 있어?"

"저도 가지고 싶어요."

뭘 가지고 싶다는 거지? 카린이 마신 채소 즙을 마시고 싶다는 뜻인가?

"저도 아기가 가지고 싶다고요. 저도 아기를 가질 준비가 되어 있어요."

"아니, 그게 아기는 만들고 싶다고 해서 만들 수 있는 게 아니잖아. 타이밍도 중요하고……."

"제가 아기를 가지기 전까지는 하루에 몇 번이고 해요."

그녀가 선전포고를 했다.

"나야 좋지만……."

내 손을 잡아끄는 이자벨의 손을 따라 나는 그녀의 방으로 이동해 우리는 새로운 생명을 잉태하기 위해 끊임없이 노력했다.

바쁘게 움직인 만큼 시간은 빨리 흘러갔다.

카린을 보살피고 이자벨과 땀을 흘리는 동안 두 달이라는 시간이 금방 지나가 버렸다.

도시는 하루가 다르게 바뀌고 있었고, 슈트는 고성능으로 개조되고 있었다.

마정석 엔진의 출력은 높아져 시속 250㎞는 거뜬히 달릴 수 있게 되었다.

마정석 수류탄도 폭발 범위가 넓어지고 또한 강해졌다.

분명 도시의 전력이 강해지는 것이 좋았지만 마땅히 사용할 곳은 없었다.

그랬기에 걱정이었다.

처음 걱정의 말을 꺼낸 것은 김 교수였다.

"점점 몬스터의 수는 줄어들고 있지. 그리고 몬스터 범람이 다시는 일어나지 않는다는 자네의 말에 따르면 몬스터가 이 땅에서 전멸하는 것은 그리 머지않았다고 할 수 있다네."

"그렇습니다. 그렇게 만들기 위해 저와 부대원들이 부단히 노력했습니다."

"나도 자네들에게 감사히 생각하고 있다네. 지구에 살고 있는 한 사람으로서 자네들에게 고맙다는 인사를 수백 번 해도 모자라다는 것도 알고 있네. 하지만 앞날을 걱정해야 하지 않겠나."

"정확히 무엇을 걱정해야 하는 겁니까?"

"강한 군대는 나라를 지키는 데 필수적인 요소지. 하지만 군대의 힘을 방출할 곳이 없어진다면 칼의 방향이 반대로 향하게 될지도 모른다네. 지금은 자네가 군대를 제어하고 있지만 평생토록 그럴 수는 없지 않은가. 물론 지금 이런 말을 하는 것이 괜한 우려일 수도 있지만 100년 뒤의 미래를 생각해서 하는 말이라네."

김 교수의 말에 여러 가지 생각이 들었다.

지금은 과도기일지도 몰랐다.

점점 강해지는 부대원과 슈트에 비해 몬스터는 줄어들고 있었다.

물론 다른 나라의 경우에는 아직도 몬스터에게 많은 피해를 받고 있지만 몬스터 도어를 통해 유입되는 몬스터들이 없다면 결국은 사라질 몬스터들이었다.

"아몰랑. 이런 걱정은 20년 뒤에나 하면 되지. 괜히 김 교수님은 어려운 말을 꺼내서 사람 걱정하게 만들고 그래."

그때 흠칫 팔이 떨려왔다.

기다리던 반응이 드디어 온 것이다.

팔찌의 쇳덩어리 색이 노랗게 변했다.

엘프가 기운을 사용하고 있는 것이다.

"이번에는 절대 놓치지 않겠어. 시간을 주지 않고 바로 입안으로 마룡의 불꽃을 집어넣어 주마."

나는 팔찌에 손을 올렸다.

육체에서 영혼이 빠져나가는 기분이 들며 엘프가 있는 곳으로 영혼이 이동했다.

그는 무언가를 열심히 땅에 그리고 있었다.

무엇을 하고 있는 걸까?

이전의 전투에서 그을렸던 로브를 벗지도 않고 그가 그리고 있는 것이 궁금했다.

그에게 조금 더 가까이 다가갔다.

영혼인 상태이기에 엘프는 나를 발견할 수 없었다.

가까이 다가가자 그의 얼굴이 보였다.

아름답던 그의 얼굴은 과학실에서나 보던 근육 마네킹의 모습을 하고 있었다.

마룡의 불꽃에 몸이 타들어가고 있는 도중에 생명의 구슬을 만들어낸 엘프는 얼굴이 재생되지 않은 것이다.

그의 얼굴은 보기 싫을 정도로 끔찍했다.

흉측하게 변한 엘프의 얼굴을 보고 있자니 미안한 마음이

절로 생겼다.

더 미안한 마음이 들기 전에 그의 얼굴에서 관심을 끊고 바닥을 쳐다보았다.

그는 이상한 도형을 바닥에 잔뜩 그리고 있었는데 그의 몸에서는 검은 아지랑이와 생명의 기운이 번갈아가면서 발동되고 있었다.

그가 무슨 짓을 하려는지 모르지만 위험한 일일 것이 분명했다.

나는 왼팔에 달려 있는 하얀 끈을 당겨 다시 육체로 돌아갔다.

이번 전투에서는 반드시 그의 생명을 받아 오겠어.

제2장
봉인 해제

엘프가 있는 곳에 도착했다.

그는 여전히 그림을 그리는 데 열중하고 있었다.

여러 가지 도형을 어지럽게 그려 무엇을 하려는 걸까?

엘프는 내가 멀지 않은 곳에서 다가가고 있음에도 전혀 알아차리지 못했다.

"무엇을 하고 있지? 악마라도 소환할 생각인가?"

그가 그리는 그림은 마법진처럼 보였다.

엘프가 악마를 소환했다는 얘기는 들은 적이 없지만 흉측한 몰골로 변한 그라면 그럴지도 모른다는 생각이 들었다.

"왔구나. 하지만 늦었다. 이미 완성되었다."

엘프의 손에서 피가 뚝뚝 떨어져 마법진 안을 메웠다.

"뭐가 완성되었다는 거냐? 그런 허접한 마법진을 그려서 뭘 하려는 거야? 이제 정신줄조차 놓아버린 거냐, 살모사 새끼?"

"나를 그렇게 부르지 마라. 아니, 이제 그렇게 부르고 싶어도 부르지 못할 것이다. 너의 목숨도 이제 얼마 남지 않았다."

내 목숨이 얼마 남지 않았다니, 나는 최소 50년 이상을 아름다운 부인들과 알콩달콩 지낼 생각이다.

그가 무슨 짓을 하려는지 모르지만 왠지 저 마법진이 위험해 보였다.

이대로 둘 수는 없었다.

그가 애써 그린 마법진을 지우기 위해 물과 땅의 기운을 끌어 올렸다.

물의 기운과 땅의 기운을 사용하니 마법진 위로 물이 쏟아지고 땅이 일어나 마법진을 부수려고 했다.

"이미 완성된 마법진을 부수는 것은 불가능하다. 네가 드래곤이라고 하더라도 불가능한 일이다. 이제 이 세계는 끝이다. 내가 원하는 세상을 만들지 못한다면 더 이상 이 세계는 존재할 이유가 없다. 나는 이 세계의 마지막 신으로 기억될 것이다."

얼굴이 녹아내린 그의 모습은 악마의 모습과 다르지 않아 보였다.

"마법진을 부수지 못한다고 해서 내가 너를 죽이지 못하는 것은 아니다."

마룡의 불꽃이 손 위에 피어올랐다.

이미 한번 당해본 적이 있는 마룡의 불꽃을 바라보는 엘프에게서 아무런 감정이 느껴지지 않았다.

두려움은커녕 분노조차 사라진 그의 눈은 죽기 직전의 사람에게서 보이는 눈빛을 하고 있었다.

"이제 끝이다. 나를 죽여라. 나는 이미 빈껍데기에 불과하다. 더는 살고 싶은 마음이 없다. 이 세계의 마지막 모습을 보지 못하는 것이 아쉽기는 하지만 이대로 죽어도 좋겠지."

죽음을 두려워하지 않는 그의 모습에 마룡의 불꽃을 집어넣고 그에게 다가갔다.

그에게선 아무런 기운의 흔적도 느껴지지 않았다.

각성을 하지 않은 사람보다 연약한 엘프였다.

시체나 다름없는 그가 나를 위협할 수는 없었다.

"무슨 짓을 한 거냐. 왜 이런 반응을 보이는 거냐고. 그리고 스승에게서 빼앗은 기운은 어디다 두고 온 거냐."

"마지막 유언을 할 시간을 준다면 말해줘야겠지. 긴 시간은 아니겠지만 유언을 하기에는 충분하겠군. 몬스터 월드에는 무수히 많은 몬스터가 살고 있다. 하지만 2층과 3층은 다르다. 그곳에는 강한 능력을 가진 몬스터들만이 자리 잡고 있다. 지금 내가 만든 마법진은 3층에 봉인된 마수들을 불러내는 마법진이다. 태초에 드래곤과 마수들 간의 전쟁이 있었다. 파괴만을 일삼는 마수가 세상을 멸망시킬 수 있다고 생각한 드래곤들이 마수와 전쟁을 벌였지. 그 결과 마수들은 3층의 깊은 구렁에 봉인되었다. 하지만 절반의 드래곤이 목숨을 잃었다. 절반의 드래곤이 죽으며 마수들을 봉인한 거지. 그런 마수들이 지금 세상에 나온다면 어떻게 될지 알고 있느냐? 그때에 비하면 지금의 드래곤 숫자는 터무니없이 적다. 이 세계에는 마수들을 막을 수 있는 존재가 없다. 내가 바라는 대로 멸망만이 남은 것이지. 이 모든 일이 너 때문에 생긴 일이다. 너만 없었다면 마수가 모습을 다시 드러내는 일은 없었을 것이다."

"이게 왜 나 때문이라는 거냐? 너의 터무니없는 욕심 때문에 생긴 일이다. 스승의 기운을 욕심낸 너의 욕심이 만들어낸 일이다. 책임을 나에게 돌리지 마라."

"지금에 와서 그런 얘기를 한다고 해서 달라지는 것은 아무것도 없다. 마수의 먹잇감이 되어라."

엘프는 점점 생기를 잃어가고 있었다. 그의 피가 말라가고 있었다.

마법진이 그의 피를 빨아들이고 있는 것이다. 그는 나에게 저주를 퍼붓고 눈을 감았다. 스승과 동료들을 배신한 자의 마지막치고는 너무도 조용한 죽음이었다.

그가 쓰러지자 마법진이 거세게 떨리기 시작했다.

마수를 실제로 본 적은 없다. 마수가 세상에 출현하면 엘프의 말처럼 세상이 멸망할지도 몰랐다. 정보가 필요했다.

지금 나에게 마수에 대한 정보를 줄 사람은 드래곤뿐이었다.

나는 급히 네르키스의 던전으로 이동했다.

"네르키스 님, 엘프가 마수의 봉인을 풀었습니다. 그럼 어떻게 되는 겁니까?"

이미 심상치 않은 기운을 감지한 드래곤은 심각한 표정을 짓고 있었다.

"마법진이 있는 곳으로 가자."

네르키스는 가타부타 설명도 없이 내가 말한 마법진이 있는 장소로 텔레포트했다. 나는 재빨리 그를 쫓아갔다.

"정말 마수의 봉인을 푸는 마법진을 그리다니, 제정신이란 말인가. 마수들을 봉인하는 데 수많은 드래곤이 피를 흘렸는데 그 역사를 다시 반복하려 하다니."

이렇게 분노에 찬 네르키스의 모습을 본 적이 없다.

드래곤은 자신의 감정을 드러내지 않는 존재이다. 그런 드래곤이 분노하고 있었다.

"지금이라도 마법진을 해체하면 되지 않을까요?"

"이미 구동이 끝난 마법진을 해체하는 것은 불가능하다. 하지만 마수가 기어 나오려면 한 달 정도의 시간이 필요하다. 그전에 우리는 마수와의 전쟁을 준비해야 한다."

착각이었을까? 네르키스의 목소리가 떨리고 있다. 드래곤이 두려워할 정도의 마수란 존재가 얼마나 강할지 상상도 되지 않았다.

"현재 네가 데리고 올 수 있는 각성자의 수는 몇 명이나 되는가? 지금은 한 명의 손도 아쉽다."

드래곤이 인간에게 도움을 청하고 있다. 아무리 각성자라고 하지만 드래곤에 비하면 터무니없이 약한 존재가 인간이다. 그런 인간의 도움을 청하고 있는 것이다.

"600명 정도 됩니다. 그들은 저보다 약하긴 하지만 슈트라는 갑옷을 입고 있습니다. 오우거 정도의 몬스터는 가뿐히 처리할 수 있는 능력을 가지고 있습니다."

"600명이라……. 부족하다. 한 달 동안 더 많은 각성자를 모아다오. 나는 다른 드래곤들에게 도움을 청하겠다."

드래곤은 나를 두고 어디론가 사라졌다. 동료 드래곤에게 마수의 출현을 알리러 간 것이다. 나도 어서 움직여야 했다.

도시에 도착해 사장과 추수를 지휘부 막사로 불렀다.

그들이 올 동안 많은 생각을 했다.

사실 이번 일은 몬스터 월드의 위기였다. 마수가 몬스터 월드를 장악하고 여기로 넘어올지는 모르는 일이다. 그런 일에 부대원들의 목숨을 담보로 도움을 줘야 하는지 의문이 들었다.

전투를 광적으로 좋아하는 부대원들이긴 하지만 이번은 일반적인 몬스터 사냥과는 달랐다. 드래곤조차 두려움을 느끼는 마수와의 전투이다.

의문에 대한 해답을 찾지 못하고 있을 때 사장과 추수가 막사 안으로 들어왔다.

심각한 분위기를 풀풀 풍기고 있는 나의 모습을 본 사장은 농을 던지려던 입을 닫고 자리에 앉았다.

"무슨 일인데 그렇게 심각해? 몬스터 범람이라도 다시 일어났냐?"

"더 심각한 일일 수도 있고 아닐 수도 있는 일입니다. 몬스터 월드에 새로운 위기가 찾아왔습니다. 드래곤조차 두려워하는 사건이 생겼습니다. 동물 애호가 엘프가 제 스승의 배를 갈라 얻은 힘으로 태초에 봉인되어 있던 마수의 봉인을 풀었습니다. 한 달 후면 몬스터 월드는 마수와의 전쟁을 벌이게 됩니다."

"아니, 그 사람 좋아 보이던 엘프가 그런 짓을 했다고?"

엘프의 도시에서 동물들과 사이좋게 지낸 기억이 있는 사장은 엘프가 그런 미친 짓을 했다는 것을 믿지 못했다.

"그렇습니다. 드래곤이 우리에게 도움을 요청했습니다. 모든 각성자가 마수와의 전쟁에 참전할 것을 요청했습니다. 어떻게 하는 것이 좋겠습니까? 저는 아직 결정을 내리지 못했습니다. 저 혼자라면 드래곤을 도와 마수와의 전쟁을 벌이겠지만 부대원 전부의 목숨을 걸고 전쟁을 치르고 싶은 마음은 없습니다."

"뭐래? 넌 우리를 어린애 취급하는 경향이 있어. 부대원 중에 전투를 무서워하는 사람은 하나도 없어. 모두 전투에 굶주려 있다고. 그리고 마수가 몬스터 월드를 장악한다면 다음 차례는 당연히 우리가 되는 거잖아. 드래곤이 살아 있을 때 같이 싸우는 게 승산이 있지 않겠어?"

"저도 사장의 의견과 같습니다. 전투를 치르지 않아 도태되는 것보다 전장에서 죽고 싶습니다. 물론 죽으러 가는 것은 아니지만 그래도 죽음을 무서워하지는 않습니다."

사장과 추수는 참전을 강하게 원했다.

내가 그들을 얼마나 걱정하는지 알면서도 그들은 죽을지도 모르는 위험한 길을 가고자 한다.

"근데 몬스터 월드의 위기라면 강한 존재들이 많으면 많을수록 좋지 않겠어?"

"그렇죠. 하지만 지구에 남은 각성자라고 해봐야 큰 도움이 되지 않을 겁니다. 우리야 슈트가 있으니 어느 정도 전투가 가능하지만 다른 각성자들은 짐만 될 겁니다."

"내가 말하는 것은 다른 각성자들을 말하는 게 아니라 드래고니안 말이야. 루카라스 님하고 그라니안이라면 도움이 될 것 같은데. 그리고 일본에 있는 각성자들도 슈트를 가지고 있잖아. 구형이긴 하지만 슈트 조작법을 알고 있으니 도시에 있는 신형 슈트를 그들에게 제공한다면 그들도 충분히 마수와의 전쟁에 참전할 수 있을 것 같고. 솔직히 그들은 우리에게 도움만 받았지 해준 게 없잖아. 이번 기회에 그들에게 빚을 갚을 기회를 주자고.”

드래고니안이라면 큰 도움이 될 게 분명했다.

내가 도움을 요청하지 않는다고 해서 마수와 싸우지 않을 드래고니안이 아니었다.

자신의 영역을 지키기 위해 마수와의 전투를 피하지 않을 그들이다.

그런 드래고니안을 한곳에 모아야 했다. 자신들의 영역을 떠나고 싶어 하지 않는 그들을 설득해 함께 움직인다면 전력은 급상승하게 된다.

그리고 일본에 있는 각성자의 숫자는 상당했다. 2기 수련생인 일본 각성자들은 꾸준히 그라니안에게 새로운 수련생 교육을 맡겼다.

그들까지 전부 함께하게 된다면 마수와의 전쟁에서 이길 가능성이 높아진다.

드래곤은 슈트를 입은 각성자를 본 적이 없다. 그럼에도 불구하고 각성자의 도움을 요청했다. 슈트를 입은 각성자들이 전투에 참전하게 된다면 드래곤이 생각하는 것보다 더 쉽게 마수와의 전쟁을 이길지도 몰랐다.

"그러면 그들의 의견을 물어보고 오겠습니다. 제가 도착할 때까지 부대원들하고 상의해 주세요. 절대 강요해서는 안 됩니다. 전투를 하고자 하는 부대원들만 데리고 떠날 생각입니다. 우리가 부대원들의 목숨을 좌지우지할 수는 없습니다."

"내가 잘 알아듣게 얘기할 테니까 걱정하지 말고 다녀와라. 나도 목숨을 걸고 전쟁에 나가라고는 하지 않을 거야."

사장이 부대원들에게 어떻게 말할지 살짝 걱정되었지만 루카라스와 그라니안을 만나는 일이 더 급했기에 사장과 추수에게 부대원들을 맡기고 드래고니안을 만나러 이동했다.

오랜만에 들른 루카라스의 영역은 조용했다. 매일같이 비명을 지르는 수련생들이 빠져나간 이곳은 적막감이 흐르고 있었다.

"저 왔습니다, 루카라스 님."

"오랜만이구나. 나는 네가 죽은 줄 알았다. 그래, 여기까지 무슨 일로 왔느냐?"

수련생과 오래 지내서 그런지 루카라스의 말투가 한층 부드러워져 있었다.

그에게 마수와의 전쟁에 관한 얘기를 하자 루카라스의 표정이 심각하게 변했다.

"어쩔 수 없군. 위치를 말해라. 내가 그곳으로 이동하겠다."

선뜻 자신의 영역을 벗어나 드래곤의 던전으로 이동하겠다고 하는 루카라스이다.

그는 마수가 얼마나 위험한 존재인지 나보다 더 잘 알고 있기에 그런 선택을 한 것이다.

"그럼 던전에서 뵙겠습니다. 저는 다른 드래고니안에게 이 사실을 말하러 가보겠습니다."

루카라스에게 여러 번 그라니안에 대한 얘기를 했기 때문에 실제로 그라니안을 보고 싶어 하는 루카라스였다.

"드디어 그 어린 드래고니안을 보게 되겠군. 나는 먼저 던전으로 이동하겠다."

텔레포트를 할 수 없는 루카라스였기에 하늘을 날아 던전으로 이동해야 했고, 지금 출발해야 제시간에 맞춰 도착을 할 수 있었다.

과자가 잔뜩 든 보따리만을 챙긴 루카라스가 하늘을 날아 사라지자 나는 곧장 그라니안의 영역으로 이동했다.

드래곤이 목걸이에 담긴 텔레포트 사용량을 늘려주지 않았다면 시간을 더 허비해야 했을 것이다.

그라니안의 영역에 도착하자 마침 일본 수련생들이 수련하고 있었다.

그들의 옆에서 장난스럽게 몽둥이를 휘두르고 있는 그라니안이 있다.

그라니안과 수련생들에게 루카라스에게 한 얘기를 해주

었다.

그들의 반응은 적극적이었다.

목숨을 걸어야 할 전투임에도 적극적으로 참전을 원했다.

"그러면 그라니안 네가 수련생들을 데리고 드래곤의 던전으로 이동해 줘. 부탁한다."

"걱정하지 마라. 늦지 않게 도착하마."

*   *   *

한 달이라는 시간 동안 우리는 많은 것을 준비했다.

새로운 엔진을 장착한 신형 슈트가 모든 부대원과 일본 수련생들에게 제공되었고, 아직 기운을 제대로 다스리지 못하는 중국 각성자들은 드래곤의 던전 주위에서 루카라스에게 죽음의 수련을 받았다.

드래곤의 던전에 모인 사람의 수는 1,000명이 넘었다.

자의인지 의심스럽긴 하지만 단 한 명의 부대원도 열외 없이 드래곤의 던전으로 모였고, 일본에서 온 각성자의 숫자도 400명에 달했다.

우리보다 수련생을 더 적극적으로 받아들인 일본 수련생들의 노력 덕이었다.

그들에게도 모두 슈트를 제공했다. 신형 슈트의 숫자가 적었기에 그들에게는 부대원들이 사용하던 구형 슈트가 제공되었다. 구형이라고는 하지만 슈트를 입지 않은 것과는 천지 차이였다.

새로운 슈트를 만들기 위해 드워프의 광산은 씨가 말랐다.

드워프들에게 지금의 상황을 설명하고 그들 모두를 드래곤 던전 옆으로 이주시켰다.

드워프들도 전설로만 전해 들은 마수가 나타난다는 얘기를 듣고 모두 돌산을 떠나 드래곤의 던전으로 이동했다.

그리고 엘프들도 이동했다. 나는 세계수를 떠나지 않겠다고 하는 엘프들을 드래곤 던전으로 이주시키기 위해 세계수를 통째로 드래곤 던전 옆에 심었다.

전투가 불가능한 어린 드워프와 엘프들은 마을로 데려갔다.

이자벨과 카린이 교대로 그들을 보살폈다.

드래곤의 던전에 모인 사람은 전부 전투가 가능한 존재들이었다.

"네르키스 님, 다른 드래곤들의 합류는 언제 이루어지는 겁니까? 이제 마수의 출현이 얼마 남지 않았는데 지금쯤이면 도착해야 되는 거 아닙니까?"

약간은 따지듯이 네르키스에게 말했다.

사실 이번 일은 몬스터 월드의 일이다. 우리는 그들을 돕기 위해 움직인 것이다.

돕는 사람은 진작 도착해 진을 구성하고 있는데 몬스터 월드의 수호자라고 하는 드래곤은 늦장을 부리고 있었다.

"지금까지 오지 않은 걸로 보아 개별로 움직일 것 같다. 원래 드래곤이라는 존재가 집단행동을 하는 것에 익숙지 않다. 드래곤 로드도 정하지 않은 지금이기에 그들을 모으기는 힘들 것 같다. 그래도 소수의 드래곤은 마수가 출현하기 전까지 이곳으로 올 것이다."

네르키스는 드래곤 중에서도 강한 힘을 가지고 있었지만 다른 드래곤의 행동까지 제약할 정도는 아니었기에 모든 드래곤을 이곳에 모으지는 못했다.

"그런데 마수를 실제로 본 적이 없어서 그런데 그들이 그렇게 강합니까?

"마수들은 강하다. 몬스터와 비교를 할 수 없을 정도다. 마수 한 마리가 자연계 몬스터를 가볍게 씹어 먹는다. 자연계 몬스터 두 마리는 돼야 겨우 마수 한 마리와 대등한 전투를 벌일 수 있을 것이다."

자연계 몬스터 두 마리와 대등한 마수라고 하니 그렇게 강하게 느껴지지는 않았다.

나는 물론이고 부대원들도 자연계 몬스터를 어렵지 않게 상대했다.

물론 슈트와 마정석 수류탄이 있기에 가능한 일이긴 했다.

"자연계 몬스터 정도는 저나 네르키스 님이면 수백 마리가 모여 있어도 어렵지 않게 상대할 수 있지 않습니까. 그 정도 힘을 가진 마수라면 이렇게 걱정을 하지 않아도 되는 거 아닙니까?"

"태초에 봉인된 마수의 숫자가 백만에 달한다. 얼마나 많은 마수들이 살아남아 있는지는 모르지만 최소 50만이 넘는 마수들이다. 그리고 그들의 생명력은 끈질기다. 사지를 끊어놓아도 목숨을 잃지 않는다. 엄청난 재생력을 가지고 있지."

자연계 몬스터 50만 마리가 달려드는 상상을 해봤다.

소수의 자연계 몬스터라면 겁낼 이유가 없지만 땅을 가득 채운 수의 자연계 몬스터가 한 번에 공격해 들어온다면 이길 자신이 들지 않는다.

그런데 자연계 몬스터보다 두 배 정도는 강하다는 마수가 공격해 들어온다면?

드래곤이 이렇게까지 걱정하는 이유를 알 것 같았다.

그래도 마수를 실제로 보지 않았기에 실감이 나지 않았다. 머리로 생각하는 것과 실제로 경험해 보는 것은 차이가 컸다.

시간이 되었다. 누가 알려주지 않아도 마수가 출현할 날이 머지않았다는 것을 던전 주위에 있는 모든 존재가 느낄 수 있었다.

땅이 하루가 다르게 흔들렸다. 지진이라도 일어난 것처럼 땅은 진동했고 몬스터들은 모습을 감추었다. 생존 본능이 강한 몬스터들이기에 지금의 위기를 본능적으로 느낀 것이다.

"용택아, 이제 시작하는 거냐?"

"그런 것 같습니다. 땅의 울림을 보아 오늘 안에 마수가 출현할 것 같습니다. 소문으로만 듣던 마수의 존재를 볼 생각을 하니 벌써부터 가슴이 두근거립니다."

"너도 그러냐? 나도 그렇다. 드래곤마저 공포에 떨게 하는 마수의 힘이 얼마나 강한지 오늘 제대로 확인해 봐야겠어."

땅의 울림이 심상치 않더니 공기가 바뀌었다. 끈적끈적한 공기가 숨을 쉬기 불편하게 했다.

마수가 얼마나 강한지는 정확히 알지 못했지만 그들의 출현만으로 공기가 바뀐 것이다.

"그들이 나타나고 있다. 다들 전투 준비를 하는 것이 좋을 거다."

드래곤이 나지막한 목소리로 말했지만 그가 느끼는 긴장감을 충분히 느낄 수 있었다.

"모두 슈트를 장착해 주세요. 몬스터와의 전쟁보다 더 힘든 전쟁이 시작될 겁니다. 모두 위험을 감수하고 이곳에 와준 것을 감사드립니다. 전쟁이 끝나면 제가 거하게 대접하겠습니다."

"네가 뭘 대접해 주려고? 대접할 만한 음식이랑 술도 없잖아. 그냥 열심히 싸우라고 그래. 파이팅 한마디면 충분해."

애써 분위기를 잡아보려고 했지만 사장의 방해 탓에 계획은 무산되었다.

그래도 바뀐 공기에 긴장하고 있던 부대원들의 긴장이 풀렸다.

과도한 긴장은 컨디션을 떨어뜨린다. 그런 컨디션 가지고는 제대로 된 전투를 할 수 없었다.

높게 떠오른 태양이 가장 강하게 빛을 쏟아낼 시간이었지만 하늘은 점점 어두워지고 먹구름이 잔뜩 몰려오고 있었다.

자연현상인지 마수의 출현 때문에 생긴 현상인지는 모르지만 전쟁을 하기에는 안성맞춤인 날씨로 변하고 있었다.

덥지도 춥지도 않은 날씨.

"크아아아앙!"

가래가 잔뜩 낀 고양이의 울음소리와 비슷한 소리가 멀지 않은 곳에서 들려오기 시작했다.

마법진이 펼쳐진 곳에서 마수가 나타나는 것이 아니었다.

마수는 공기 중에 생겨나는 것처럼 갑자기 모습을 드러내었다.

"저게 마수라는 놈이구나."

사장은 마수에게서 눈을 떼지 못하고 있었다.

던전 근처에서 생겨난 마수는 100이 넘지 않았다.

마수는 조금씩 다른 모습을 하고 있었는데 대부분이 고양잇과 동물 같았다.

날카로운 이빨과 발톱에 사족보행을 하는 놈들이다. 날렵한 몸매는 살 한 점 없이 모두 근육으로 채워져 있다.

마수들은 주변을 둘러보며 숨을 고르고 있었다. 그들이 숨을 다 고르는 순간 전쟁이 시작될 것이다.

"크아아앙!"

자신들이 몬스터 월드로 돌아왔다는 사실을 깨달은 건지 마수들이 기쁨에 찬 함성을 지르며 우리를 향해 고개를 돌렸다.

우리를 적으로 생각하고 있는 그들이다. 마수들은 자신들을 제외한 모든 생명체를 적으로 보는 것 같았다.

붉은 눈을 하고 있는 마수들이 이빨을 날카롭게 세우고 빠른 속도로 달려왔다.

"모두 수류탄 투척 준비!"

마수와의 전쟁을 대비해 엄청난 양의 마정석 수류탄을 만들어낸 조나단이었고, 그의 노력 덕에 마정석 수류탄은 던전 한곳을 가득 채우고 있었다.

슈트를 입고 있는 각성자뿐만 아니라 엘프와 드워프의 손에도 마정석 수류탄이 들려 있다. 엘프는 정령을 부르거나 마법을 사용하지도 않고 있었다.

지금은 최대한 힘을 아껴야 했다.

섣불리 모든 카드를 꺼냈다가는 오링되는 것은 한순간이다.

"투척! 고양이 놈들을 육편으로 만들어 버려라!"

사장의 외침과 함께 마정석 수류탄이 마수들을 향해 날아갔다.

마정석 수류탄을 처음 보는 마수들은 수류탄에 크게 관심을 보이지 않았다.

돌멩이쯤으로 생각하는 것 같았다.

그렇게 생각한 것을 후회하게 될 거다.

펑! 펑!

천 개가 넘는 마정석 수류탄이 날아갔다.

100마리가 조금 넘어 보이는 마수들을 향해 사용하기에는 아까운 양이었지만 초반 기세가 중요했다. 첫 전투에서 승리를 가져오면 당연히 부대원들의 사기가 오른다.

그랬기에 과도한 양의 마정석 수류탄을 날렸다.

엄청난 굉음과 함께 사방이 먼지로 가득 찼다.

마정석 수류탄의 폭발에 의해 잔해가 날아다녔고, 먼지로 인해 마수들의 모습이 보이지 않았다.

마수들이 어떤 모습을 하고 있을지 궁금했다.

바람의 기운을 사용해 흙먼지를 날려 버렸다.

마수의 모습을 가리고 있는 흙먼지가 사라지자 거대한 웅덩이가 나타났다. 그리고 그 안에서 가쁜 숨을 쉬고 있는 마수들의 모습을 볼 수 있었다.

"얼마나 강한 생명력을 가지고 있으면 저런 폭발에서도 살아남을 수 있는 거야? 진짜 미치겠네. 용택아, 안 되겠다. 마정석 수류탄을 더 퍼부어야겠어."

"그러는 게 좋을 것 같습니다. 아직 마정석 수류탄은 충분하니 아끼지 말고 쏟아부으세요."

"소용없다. 마정석 수류탄이라는 것으로 마수들을 죽일 수는 없다. 단지 그들의 힘을 잠시 잃게 하는 정도이다."

드래곤이 마정석 수류탄을 재투척하려는 우리를 막았다.

"그러면 어떤 방법으로 죽여야 합니까?"

"그들을 죽일 수는 없다. 지금처럼 힘을 잃은 순간을 노려 봉인해야 한다. 태초에 드래곤이 마수들과 전쟁을 벌일 때도 마수들을 죽이지 못했다. 마수들은 육체를 초월한 존재이다. 그들의 힘은 태초에 이 땅이 만들어지면서 생긴 기운을 받아먹고 자란 존재이고 육체는 단지 껍데기에 불과하다. 그들을 죽이는 방법은 없다. 그들을 가둬야 한다."

"그러면 봉인할 방법을 알려주세요."

"지금처럼 강한 충격을 받게 되면 마수의 기운은 잠시나마 불안정한 상태에 빠지게 된다. 육체에서 잠시 떨어져 나오게 되는 거지. 그때 이 매개체를 사용해 봉인해야 한다."

드래곤이 꺼낸 물건은 작은 상자였다. 그 상자 안에는 엘프가 마수의 봉인을 풀 때 그린 마법진과 비슷한 마법진이 그려져 있었다.

"이 상자는 마수와의 전쟁에서 드래곤들이 머리를 맞대 만든 마수 봉인법이다. 이 상자를 불안정한 상태에 빠진 마수의 근처로 다가가면 마수의 기운이 상자 안으로 빨려 들어가고 마수들은 사라진다."

생각보다 어렵지 않은 방법이었다. 물론 죽이는 것보다는 복잡한 방법이지만 그래도 죽일 수 없는 마수들을 처리할 방법이 있다는 것은 다행이었다.

"아무리 불안정한 상태에 빠진 마수라고는 하지만 일반적인 존재는 주변에 다가가지도 못한다. 불안정한 상태에 빠진 마수들의 숨결은 맹독과 다르지 않다. 여기서 마수들을 봉인할 수 있는 존재는 너와 나, 그리고 드래고니안 정도밖에 없다."

평소 말을 아끼는 드래곤이다. 나에게 목걸이와 팔찌를 주었을 때도 사용법을 제대로 설명해 주지 않던 드래곤이 오늘따라 자세하게 설명해 주고 있었다.

"마수를 봉인해 보아라. 나는 이미 정확한 사용법을 알고 있지만 너는 그렇지 않다. 100마리의 마수가 공격해 들어오는 것은 이번이 마지막일지도 모른다. 봉인 상자 사용법을 익히기에는 최고의 기회이다."

역시 그러면 그렇지.

드래곤은 자기의 일을 나에게 미루기 위해 자세히 설명한 것이 분명했다.

네르키스의 말은 틀리지 않았다. 그 혼자 마수들을 봉인시킬 수는 없었다.

그가 아무리 드래곤이라 해도 혼자서는 불가능한 일이었다.

"알겠습니다. 그냥 마수들 근처에 가서 상자를 열기만 하면 되는 거죠? 혹시나 잘못되면 책임지세요."

마룡의 힘을 흡수한 이후로 조금씩 네르키스에게 강하게 나가고 있는 중이다.

언제까지 드래곤에게 굽신거리고 싶지는 않았다.

그렇다고 해서 드래곤과 싸우고 싶은 생각은 없지만 노예처럼 보이고 싶지는 않았다.

"그렇다. 마수들이 기운을 차리기 전에 움직여야 한다."

조금씩이지만 거친 숨을 고르고 있는 마수들이다.

네르키스에게 상자를 건네받고 바로 마수들이 묻혀 있는 웅덩이로 날아갔다.

가까이서 마수들을 바라보니 정말 덩치 큰 고양이처럼 보였다.

고작 고양이들이 드래곤을 두려움에 떨게 하다니.

나는 마수들이 쓰러져 있는 웅덩이로 완전히 내려왔다.

그제야 드래곤이 왜 다른 사람들은 마수를 봉인시키지 못한다고 했는지 이해할 수 있었다.

마수들이 뿜어내는 끈적끈적한 숨결은 극독이었다.

독에 면역력이 있는 나조차도 몸이 썩어가는 느낌을 받

왔다.

부대원들이 이곳으로 온다면 잠시도 참지 못하고 쓰러질
것이다.

제3장
봉인, 봉인!

나는 마수들의 옆으로 바짝 다가갔다. 여전히 상태 이상에 빠져 있는 마수들이기에 위험한 상황은 아니었지만 그들의 숨결에서 묻어 나오는 극독에 입천장이 간질간질했다.

봉인 상자를 열기만 하면 된다고 했지.

나는 입을 다문 상자의 고리를 풀고 단숨에 상자 뚜껑을 열었다.

쉬― 이익.

상자에서 공기 빠지는 소리가 났다.

그 소리가 멈추자 마수들의 몸에서 검은 기체가 뿜어져 나와 빠르게 상자 안으로 빨려 들어갔다.

"이거 꼭 포켓몬스터를 하는 기분인데. 상자에 집어넣었다고 해서 꺼내 쓸 수 없다는 것만 빼면 진짜 똑같잖아."

잡고 싶어 하는 마수를 상태 이상으로 만들고 상자 안에 가둔다.

정말 만화영화와 다르지 않았다.

다른 점은 그것은 만화영화였기에 위험한 상황이 발생하지는 않았지만 마수들은 달랐다.

"크아아앙!"

상자를 열기 전에 정신을 차린 마수들은 상자 안으로 빨려 들어가지 않고 몸을 일으켜 나에게 이빨을 들이밀었다.

열 마리가 되지 않는 마수였다. 아무리 마수들이 강하다고 하지만 열 마리의 마수에 겁을 먹지는 않았다.

"나비야, 이리 오렴. 이 오빠가 예뻐해 줄게. 우쭈쭈."

자신들을 애완동물 취급하는 것을 느꼈는지 마수는 거칠게 고개를 흔들며 나에게 달려들었다. 그런 마수들의 공격은 확실히 빨랐다.

마수들의 근육이 얼마나 압축되어 있는지 모르겠지만 움직임 하나하나가 빠르고 위협적이었다. 특히 이빨은 얼마나 단단하고 날카로워 보이는지 바위도 씹어 먹을 수 있을 것 같았다. 하지만 나는 바위보다 더 튼튼한 몸을 가지고 있다.

시험 삼아 마수의 이빨에 몸을 맡겼다.

와그작!

마수의 이빨이 살짝 살을 파고들어 왔다. 마수의 이빨에서 극독이 흘러나오는지 이상한 액체가 몸에 들어오는 것이 느껴졌다. 독에 대한 면역이 있지만 내가 가진 면역력보다 마수의 독이 더 강한지 상처가 아물지 않았다.

급히 상처 부위를 잘라내자 떨어진 살점이 금방 검게 오염되었다.

"이거 물리면 큰일 나겠는데. 고작 이빨이 살짝 들어간 정도인데 이렇게 되네."

마수의 이빨을 실험하겠다는 나의 생각은 매우 위험한 행동이었다는 것을 깨달았다.

이제는 절대 마수의 이빨에 몸을 맡기면 안 될 듯했다.

한번 피 맛을 본 마수는 급속도로 흥분하기 시작했다.

내 피가 달콤하겠지. 내 피엔 온갖 몬스터의 엑기스가 들어 있을 뿐 아니라 드래곤의 피도 섞여 있다.

"나는 먹는 거 아냐, 나비야. 얌전히 있지 않으면 혼난다."

아직은 마수들이 애완동물로 보였다. 위험한 애완동물 정도일 뿐이다.

내가 한 경고에도 불구하고 여전히 마수는 이빨을 나에게 박아 넣기 위해 움직였고, 그러는 사이 시간이 제법 흘렀다. 지금 상대하고 있는 마수 말고도 상대할 마수가 많았다.

마수들에게 화끈한 맛을 보여줄 생각이다.

단번에 열 마리의 마수를 상대하기에는 마룡의 불꽃만큼

좋은 것이 없었다.

땅의 기운과 바람의 기운을 이용해 마수들의 몸을 속박했다.

워낙 날래고 강한 힘을 가지고 있는 마수들이기에 잠시 동안만 그들의 몸을 묶어둘 수 있었지만 나는 그 잠시면 충분했다.

멈춰 있는 마수들에게 마룡의 불꽃을 날렸다.

마룡의 불꽃은 내 손바닥에서 열 개의 작은 불꽃으로 변해 나를 둘러싸고 있는 마수들에게 날아가 그들의 몸을 태우기 시작했다.

마룡의 불꽃은 마수들에게도 통했다. 그들의 몸이 마룡의 불꽃에 의해 타기 시작하자 마수들은 고통에 찬 비명을 질렀다.

하지만 물리적인 힘으로는 마수들을 죽이지 못하는지 죽은 마수는 없었다.

마룡의 불꽃에 몸이 잠식된 마수들은 상태 이상에 빠졌고, 다시금 상자의 뚜껑을 열어 그들을 봉인했다.

"마수가 생각보다 위험하네요."

마수의 봉인을 마치고 네르키스와 부대원들이 있는 장소로 이동했다. 그들은 움푹 파여 피를 흘러내리고 있는 상처를 걱정스럽게 바라봤다.

"걱정하지 마세요. 독이 퍼지기 전에 잘라냈으니 이상은 없을 거예요. 살은 금방 재생될 거고요."

말을 하는 동안에도 상처는 빠르게 재생되고 있었다. 생명의 기운이 있었다면 상처를 도려내는 즉시 재생되었겠지만 지금도 느리지 않은 속도로 아물어가고 있었다.

"마수의 독은 일반적인 독과는 다르다. 퍼지는 속도도 매우 빠르고 극소량의 독이라도 생명을 빼앗기 충분하다. 앞으로는 마수의 이빨을 조심해라."

"알겠습니다. 그런데 네르키스 님, 드래곤도 마수의 독에 영향을 받는 겁니까? 제가 마수들을 상대해 보니 이빨의 독 말고는 그렇게 위협적이지 않게 느껴지는데요."

"지금 상대한 마수가 전부라고 생각하면 안 된다. 마수도 몬스터처럼 종류가 있다. 지금 상대한 마수는 마수 중에서 가장 약한 것들이다. 강한 마수는 크기도 클 뿐만 아니라 힘도 강하다. 그들의 발톱에 긁히기만 해도 온몸에 독이 퍼져 죽는다. 방금 상대한 마수들만 있었다면 나 혼자만으로도 전멸시킬 수 있다. 아무리 많은 숫자라고 하더라도 말이다."

"어쩐지 너무 약하다고 느꼈습니다. 하긴 이 정도의 마수였다면 드래곤이 죽을 리 없죠."

그런데 마수의 힘도 내가 흡수할 수 있을까?

마수의 몸을 가르면 피가 배어 나오기는 했다. 마수를 살아 움직이게 하는 것은 육체가 아니라 육체 안에 있는 태초의 기운이었지만 어쨌든 마수는 피가 흐르는 존재였다.

다음에 마수가 나오면 한번 실험해 봐야겠어.

이전의 전투에서는 마수가 나를 물었지만 다음 전투에서는 내가 마수를 물어버릴 것이다.

"다른 마수들이 접근하고 있다. 전투 준비를 하는 것이 좋을 것이다."

"그런데 마수는 하루 종일 전투를 하는 겁니까? 그렇다면 저희가 쉴 틈이 없지 않습니까. 저희 인간들은 드래곤과는 달리 잠도 자야 하고 영양분도 섭취해야 움직일 수 있는 불안정한 존재입니다."

"마수의 생활 패턴은 일반 종족과는 다르다. 그들은 6일 동안 움직이고 하루 동안 휴식을 취한다."

"그러면 마수들이 휴식을 취할 때 우리가 공격하면 되지 않나요? 6일 동안 움직인 피로를 풀기 위해 하루 동안 휴식을 취한다면 그동안은 약해져 있지 않을까요?"

"불가능하다. 마수들이 휴식을 취할 때 그들은 모습을 완전히 감춘다. 자연의 기운으로 돌아가는 것이다. 육체는 완전히 사라지고 자연의 일부로 돌아간다. 그러다 다시 하루가 지나면 육체가 생겨난다."

"참 편한 존재네요. 안전 지역이나 영역을 만들지 않아도 되니 정말 편하겠습니다."

"마수들이 다가오고 있다. 오늘부터 6일 동안 끊임없이 전투가 벌어질 것이다. 인간들은 휴식이 필요한 존재이니 교대로 전투를 하는 것이 좋을 것이다."

드래곤의 충고는 적절했다. 나는 바로 사장과 추수에게 가서 드래곤이 한 말을 전해주었다.

"사장님, 마수들은 6일 동안 잠시도 쉬지 않고 움직인다고 합니다. 우리는 그럴 수 없으니 교대로 전투를 하는 것이 좋겠습니다. 조를 나누어 휴식을 취하게 하죠."

사장은 바로 추수를 바라보았다. 먼저 들어가서 쉬라는 뜻이다.

"저는 괜찮습니다. 사장님이 먼저 들어가 쉬십시오."

"그래? 그러면 우리 애들 데리고 들어가서 잠 좀 잘게. 하늘도 거뭇거뭇하니 잠은 잘 오겠네."

마수 출현 이후 태양은 구름에 가려 모습을 감추었고, 낮인지 밤인지 잘 구분이 되지 않았다. 그런 하늘을 보고 자기좋은 하늘이라고 하는 사장은 확실히 일반 사람하고는 달랐다.

"1부대는 모두 던전 안으로 들어가서 휴식을 취한다. 우리는 정확히 열두 시간 후 전투에 들어가니 모두 그동안 충분한 휴식을 취하도록."

사장은 1부대원들을 데리고 던전 안으로 들어갔다. 나는 엘프와 드워프에게도 마수의 공격 패턴에 대해 설명했고, 드워프들이 먼저 들어가 휴식을 취하기로 했다.

일본 수련생도 절반으로 조를 나누어 던전 안으로 들어

갔다.

처음의 절반으로 준 인원이기에 전력이 약해진 느낌이 들긴 했지만 전투는 길게 이어질 것이다.

처음부터 무리해서는 안 되었다. 지금은 전초전에 불과했다.

전초전에 전력을 다하다가는 뒷심이 떨어지게 마련이다.

"마수들이 다가오고 있다. 느껴지는 기운을 봐서는 이전보다 몇 배는 많은 수의 마수들이다."

몇 배라고 해봐야 천이 넘지 않는 숫자이다.

절반의 인원이 던전 안에 들어가 휴식을 취하고 있다고는 하지만 500명이 자리를 지키고 있고, 엘프까지 더하면 700명이 넘었다. 그들이 동시에 수류탄을 던진다면 천이 되지 않는 마수들은 금방 정리할 수 있을 것 같았다.

펑! 펑!

마수들이 모습을 보이자마자 우리는 마정석 수류탄을 집어 던졌다. 그러자 대부분의 마수들이 상태 이상에 빠졌다. 아직 이빨을 보이는 마수들은 나와 드래곤, 드래고니안들이 빠르게 정리했다.

마수 봉인 상자의 수량은 넉넉했기에 하나씩 나눠 가질 수 있었고, 낮 동안의 전투를 큰 어려움 없이 끝낼 수 있었다.

어둠이 찾아왔다. 구름에 가려진 해마저 사라지자 완전한 어둠이 찾아왔다.

마법으로 만든 등불이 여러 곳에 설치되어 있었지만 어둠을 쫓아내기에는 부족했다.

낮 동안 전투를 치른 부대원들과 엘프들이 던전으로 들어가자 휴식을 취한 1부대원들과 드워프가 그들의 자리를 채웠다.

정말 편하게 쉬고 왔는지 초롱초롱한 눈빛으로 사장이 내 옆에 자리를 잡았다.

"낮 동안에 전투 소리가 여러 번 들려온 것 같던데 몇 번이나 쳐들어왔어?"

"네 번 쳐들어왔습니다. 하지만 전부 천이 넘지 않는 숫자였기에 어렵지 않게 봉인시킬 수 있었어요. 밤이 되면 마수들이 더 뭉쳐 움직인다고 하니 이제부터는 어려운 전투가 될 것 같아요."

"아, 그런 거였어? 이럴 줄 알았으면 낮에 내가 싸우는 건데. 진작 좀 말해주지."

"저도 몰랐습니다. 드래곤한테 방금 들어서 알았어요. 지금이라도 추수한테 대신 싸워달라고 하든지요."

"에이, 어떻게 그러냐. 이왕 이렇게 된 거, 거하게 움직여야겠다."

사장의 말대로 거하게 몸을 움직여야 했다.

낮보다 훨씬 많은 수의 마수들이 던전 주위로 몰려들고 있었다.

몬스터 월드에서 살고 있는 몬스터의 수는 별로 많지 않았다. 잦은 몬스터의 범람으로 인해 대부분의 몬스터가 몬스터 월드를 떠나 지구로 가 있는 상황이고 이 근방에서 많은 수의 생명이 감지되는 곳은 여기가 유일하다고 볼 수 있었다.

"밤이 되었다. 마수들의 움직임이 낮보다 더 빠르고 강해질 것이다. 조심해서 움직여라."

긴장한 듯한 드래곤의 말에 나는 마른침을 삼키고 전방을 주시했다.

어둠이 그들을 숨겨주었지만 붉은 눈은 숨겨주지 못했다.

붉은 점들이 사방을 장악하고 있다.

붉은 점들은 한시도 쉬지 않고 움직이며 조금씩 우리를 향해 다가오고 있었다.

"이제 시작하죠."

"그래, 오늘의 완봉 투수의 명단에 이름을 올릴 때가 되었네."

마정석 수류탄을 던지는 것을 투수에 비유하는 사장의 말에 헛웃음이 나왔다.

틀린 말은 아니었다. 부대원과 드워프들은 손에 마정석 수류탄이 들고 던질 준비를 하고 있었다.

"수류탄 투척 준비! 붉은 점이 모여 있는 곳으로 수류탄 투척!"

몇백 개의 마정석 수류탄이 마수들을 향해 날아갔다.

명중률이 중요하지 않은 상황이었다. 아무렇게나 던져도 마수들에게 명중되었다.

　엄청난 굉음이 터져 나오며 흙먼지가 뒤를 이어 날아들었다.

　이미 낮 동안 이런 과정을 반복한 봉인조(나, 드래고니안, 드래곤)는 빠르게 상태 이상에 빠진 마수들에게 다가가 그들을 봉인했다.

　상태 이상에 빠지지 않은 마수들과도 전투를 벌여야 했지만 마정석 수류탄에 의해 피해를 입은 마수들을 봉인하는 작업은 힘들지 않았다.

제4장
오피서

 6일이 흘렀다. 그동안 우리는 몇 번의 전투를 치렀는지 기억도 나지 않았다.

 낮과 밤을 가리지 않고 공격해 들어오는 마수들을 전부 상자 안에 봉인시켰지만 그 숫자가 줄어들지 않고 있었다. 하루가 지날수록 더 많은 마수가 모여들었다.

 한편 부대원들에겐 극도의 피로가 찾아왔다. 열두 시간 동안 휴식을 치르는 부대원들이었지만 시끄러운 굉음 때문에 제대로 휴식을 취하지는 못해 그들의 얼굴에는 피로가 가득했다.

 그리고 나도 피곤했다.

 강한 체력을 가지고 있다고 자부했지만 6일 동안 잠시도 쉬지 못하고 전투를 하는 것은 왕성한 체력을 갉아먹기 충분했다.

"드디어 마음 편히 잘 수 있겠네. 하루 동안의 휴식이기는 하지만 그래도 그게 어디야. 아니, 마수들은 도대체 몇 마리나 있는 거야? 끝도 없이 기어 나오고 지랄이야."

볼멘소리를 하는 사장의 말에 대꾸할 힘도 없었다.

"마을에 다녀올게요. 조나단이 만들어놓은 마정석 수류탄도 가지고 와야 하고 도시도 좀 둘러보고 올게요."

"너만 치사하게 마을에서 휴식을 취하는 거냐? 이거 텔레포트 목걸이가 없는 사람은 서러워서 살겠나. 나도 드래곤이랑 친해져서 목걸이 하나 달라고 해야지 안 되겠네."

"드래곤이랑 친해지기가 그렇게 쉬운 줄 아세요? 한번 해보세요. 지금 드래곤의 짜증이 극에 달해 있는데 인간이 알짱거리면 참 좋아하겠네요."

"아, 몰라. 그냥 들어가서 잠이나 자야겠다. 마을 잘 다녀오고 수류탄도 두둑이 챙겨 와."

＊　　　＊　　　＊

마을에 도착해서 가장 먼저 찾아간 곳은 당연히 신혼집이었다.

하지만 집에는 아무도 없었다. 그래서 나는 마을을 배회하며 부인들과 동생들을 찾았다.

부인들은 어린 엘프와 드워프들을 보살피고 있었다.

"다들 고생이 많아."

"오셨어요? 걱정 많이 했어요. 이렇게 무사한 모습을 보니 기분이 좋네요."

카린이 어린 엘프를 안아 들며 나에게 환한 미소를 지어주었다.

카린의 옆에서 어린 드워프에게 밥을 먹이고 있던 이자벨은 드워프를 조심히 내려놓고는 나에게로 다가왔다.

"고생했어요. 언제 다시 가시나요?"

"오늘 밤까지는 있을 것 같은데, 왜?"

이자벨은 아무런 말도 하지 않고 내 손을 잡아끌고는 집으로 향했다.

집에 도착해서 그녀가 꺼낸 첫마디는,

"애기 만들어야죠."

이자벨의 말에 나는 최선을 다해 노력했고, 그녀의 체력이 다 빠지고 나서야 집을 나올 수 있었다.

조나단은 이미 내가 왔다는 얘기를 들었는지 엄청난 양의 마정석 수류탄을 창고에서 꺼내놓았다. 한 번에 다 옮길 수 있는 양이 아니었기에 몇 번의 텔레포트를 하고서야 마정석 수류탄을 전부 던전으로 운반할 수 있었다.

운반 작업을 끝내고 나니 여유가 생겨 향긋한 녹차 한잔을

오붓하게 부인들과 마실 수 있었다.

"도시에 다른 문제는 없지? 새로이 몬스터가 나타난다거나 아니면 도시 사람들이 불안에 떤다거나 그러지는 않았어?"

이자벨은 나와 부대원이 몬스터 월드로 넘어간 순간부터 도시를 지키는 임무를 홀로 수행해야 했다. 이제는 뱀파이어 퀸의 권능을 가지고 있는 이자벨이 있기에 몬스터들에 대한 공격에 아무런 걱정도 하지 않고 도시를 비울 수 있었다.

"아직까지는 별다른 위험이 없어요. 그것보다 마수와의 전쟁은 어떻게 되어가고 있어요? 저도 마수들에 대한 얘기를 들어본 적이 있어요. 지금 집에 있는 어린 뱀파이어들만 할 때 할머니께서 마수에 관한 전설을 얘기해 주곤 했어요. 마수들은 태초에 생겨난 힘을 바탕으로 움직이기에 일반 몬스터보다 강한 힘을 가지고 있고 그들을 죽일 방법이 없다고 했어요."

"뱀파이어 일족도 마수 때문에 많이 힘들었겠네. 드래곤도 반절이나 죽어나갔으니 뱀파이어 일족은 말할 것도 없겠지."

"그렇지는 않았다고 해요. 뱀파이어 로드가 마수들의 공격에서 도시를 구했다고 알고 있어요. 다른 종족들이 피를 흘릴 때 유일하게 피해를 입지 않은 종족이 뱀파이어라고 했어요."

"그게 가능해? 드래곤도 죽일 정도의 힘을 가진 마수를 상대로 도시 전체를 한 명이 지켜냈다고?"

"저도 그 전설이 사실인지는 모르지만 그렇게 전해지고 있어요. 뱀파이어 로드가 뱀파이어 일족을 마수의 공격에서 구해냈을 뿐만 아니라 마수들의 숨통을 끊어놓았다고."

"숨통을 끊었다고? 그건 더 말이 안 되는데? 아무리 전설이라고 하지만 너무 미화시킨 거 아냐?"

"그래서 전설이죠. 정확한 사실은 아무도 모릅니다. 세상의 수호자인 드래곤조차 뱀파이어 로드에게는 호의를 베풀었다는 얘기도 있는 걸로 보아 사실이지 않을까 생각하고 있어요. 하지만 왜 뱀파이어 로드가 사라졌는지에 대해서는 남아 있지 않아요. 만약 로드만 살아 있었다면 뱀파이어 일족이 숨어 지내지 않았어도 되었을 건데."

"전설이야. 뱀파이어 로드가 실존했다는 증거도 없잖아. 그냥 뱀파이어 일족의 희망 사항을 담아 로드라는 존재를 만들어내지 않았을까? 마수조차 찢어 죽일 능력이 있는 뱀파이어 로드가 갑자기 사라질 이유가 없잖아. 드래곤마저 로드에게 호의를 베풀었다며. 그러면 더더욱 그를 죽이거나 사라지게 만들 존재는 없다는 말인데, 아무리 생각해도 말이 안 돼."

"그런가요? 하긴 지금에 와서 뱀파이어 로드를 그리워해봤자 아무것도 달라지지 않겠죠."

이자벨과 뱀파이어 얘기를 나누고 있을 동안 카린은 가만히 우리를 지켜만 보고 있었다.

나는 그녀와 눈을 맞추며 웃어주었다.

그녀의 배가 일주일 사이에 조금 부풀어 오른 것 같은 느낌을 받았다. 물론 착각일 것이다.

나는 자리에서 일어나 카린의 앞으로 갔다.

그리고 무릎을 굽히고 그녀의 배에 머리를 대었다.

"잘 자라고 있지? 아빠가 많이 기다리고 있으니 건강하게만 태어나 다오. 해달라는 것은 다 해줄게."

"어머, 벌써부터 그러시면 애 버릇 나빠져요."

"그런가? 그래도 다 해주고 싶다고. 원하는 것이 무엇이든 다 해줄 거야."

카린과 나의 오붓한 대화에 심술이 난 건지 이자벨이 벌떡 자리에서 일어났다.

"저도 애기 만들고 싶어요."

우리는 오전에 있던 1차전에 이어 2차전에 돌입했고, 2차전은 해가 완전히 지고 나서야 끝이 났다.

나는 곤히 잠들어 있는 이자벨의 이마에 키스를 해주고는 카린의 방으로 갔다.

많이 노곤했는지 카린도 깊게 잠에 빠져 있었다.

그녀의 이마에도 키스를 해주고 집을 나왔다.

행복한 시간이 끝난 게 아쉬웠지만 이제는 몬스터 월드로 가야 했다.

나를 기다리고 있는 부대원들과 내일 있을 전투를 위해 몬스터 월드로 가야만 했다.

몬스터 월드에 도착하자 모든 부대원은 곤히 잠들어 있고 사장만이 나를 기다리고 있었다.

"잘 즐기고 왔냐? 이거 서러워서 살겠나. 나도 이번 전쟁만 끝나면 꼭 결혼하고 말 거다."

"누가 하지 말래요? 제발 좀 하세요. 홀아비 냄새가 진동해요. 아니, 나이도 있는 분이 눈만 높아서. 그러다가 평생 홀아비로 살다 죽을지도 몰라요."

"뭐라고? 차라리 저주를 해라, 인마. 어서 잠이나 자. 너 6일 동안 한숨도 못 잤잖아. 오늘 제대로 휴식을 취하지 않으면 앞으로 6일 동안 휴식 취할 시간 없어."

"사장님도 어서 들어가서 쉬세요."

우리는 내일의 전투를 위해 각자의 막사로 돌아가 잠을 청했고, 밤은 너무도 빨리 지나갔다.

해는 야속하게도 제시간에 떠올랐고, 마수들의 울음소리가 여기저기서 울려 퍼지기 시작했다.

나는 마수의 울음소리가 들리기 시작하자 네르키스의 옆으로 이동했다.

"마수들이 저번 주보다 더 시끄럽게 울부짖는데요. 발정이라도 난 거 아닌지 모르겠습니다."

"강한 마수들이 여기로 모여들고 있는 것 같다. 이번 주 전투는 더 힘들어질 것이다. 그리고 마수들은 번식 활동을 하지 않는다. 그들에게 생식기는 존재하지 않는다. 죽음의 안식을 가지지 못한 마수들이기에 생명의 축복도 가지지 못한 것이지."

"그래요? 다행이네요. 숫자가 더 늘어나지는 않겠네요."

"크아아앙!"

가래 끓는 울음소리가 가까운 곳에서 울려 퍼졌다.

마수들의 다가오고 있는 것이다.

"그럼 전투를 다시 시작할 때가 되었네요."

마수들이 모습을 드러내는 동안 우리는 전투 준비를 마쳤다.

마정석 수류탄도 든든히 보충해 왔고 쇼크 건의 충전도 마쳤다.

쇼크 건이 마수들에게 큰 효과를 보이지는 않았지만 약간의 시간 동안 움직임을 멈추게는 해주었다. 그것만으로도 큰 도움이 되었다.

마수들과 근접전을 할 경우가 생긴다면 쇼크 건이 큰 역할을 할 것이다.

물론 근접전이 벌어지지 않는 것이 가장 좋았다.

마수를 이긴다고 해서 끝이 아니었다.

상태 이상에 빠진 마수들은 숨을 통해 극독을 배출했다.

부대원들이 마수의 숨결에 짧게라도 오염된다면 그대로 끝이었다.

최대한 마정석 수류탄을 이용해 전투를 해야 했다.

"수류탄 투척 준비! 준비된 사수부터 투척!"

마수들을 향해 수류탄이 날아가 큰 웅덩이를 여러 개 만들어내었다.

수류탄이 만들어낸 폭발에 먼지가 일어났으나 바람의 기운에 의해 먼지는 금방 날아가 버렸다.

"확실히 이번 마수들은 이전 마수보다 강하네요. 마정석 수류탄에 상태 이상에 빠진 몬스터가 절반도 되지 않네요."

"아직 더 강한 마수들이 많이 남아 있다. 벌써부터 앓는 소리를 하면 안 된다."

나는 네르키스, 드래고니안들과 함께 마수들을 향해 봉인 상자를 들고 달려갔다.

아직 절반의 마수들이 움직이고 있긴 했지만 마정석 수류탄에 피해를 입어 정상적인 움직임을 보이지 않고 있는 마수들이 대부분이었기에 어렵지 않게 봉인을 시킬 수 있었다.

마수들의 봉인이 모두 끝나고 모두가 잠깐 숨을 돌리려고 했다.

"크아아앙!"

마수들의 울음소리가 또 들려왔다. 잠깐의 휴식 시간도 주지 않는 마수들 때문에 우리는 다시 전투를 시작해야 했다.

시간이 지나면 지날수록 마수들의 공격 빈도가 높아졌다. 하루에 서너 번이던 공격이 일곱 번 이상으로 늘어났다. 마정석 수류탄이 줄어드는 속도가 너무 빨랐다. 이대로는 6일 동안 견딜 수 없을 것 같았다.

"사장님, 이제 마정석 수류탄을 조금 아껴주세요. 이제 겨우 첫날인데 너무 많이 사용한 것 같아요. 멀리서 쇼크 건을 발사해 주세요."

조금 힘든 전투를 벌이더라도 마정석 수류탄을 아껴야 했다.

그래도 부대원들의 쇼크 건은 전투에 도움이 되었다.

수백 발의 쇼크 건이 동시에 발사되면 마수들의 움직임이 멈추었고, 그 틈을 노려 빠르게 마수들을 상태 이상에 빠지게 만들 정도의 공격을 퍼부으며 마수들을 공격했다.

이전보다 더 위험한 상황이 연출되었지만 이 정도는 감당할 수 있는 능력을 가진 존재들이다.

드래곤은 마법을 사용해서 마수들을 상태 이상으로 만들었고, 드래고니안은 육체의 힘과 오행의 기운을 사용해 마수들과 싸웠다.

그렇게 6일을 견뎠다. 마정석 수류탄을 하나도 남기지 않고 모조리 사용해 새로이 조나단에게 보급을 받긴 했지만 지금 같은 소모 속도라면 3일을 넘기지 못할 것 같았다.

"다음 주에는 더 강한 마수들이 공격해 오겠죠? 다른 드래곤들에게 연락이 아직 오지 않았습니까? 이제는 드래곤의 합류가 필요합니다. 우리의 힘만으로는 마수들을 막을 수 없습니다."

"언제 다른 드래곤들이 합류할지 모르겠다. 그들 모두 각자의 던전에서 마수들을 사냥하고 있다. 아직은 강한 마수들이 나타나지 않았기에 혼자의 힘으로 마수들을 사냥할 수 있지만 조만간 혼자의 힘으로 마수들을 막을 수 없다는 것을 깨달을 것이다. 그렇게 되면 이곳으로 모여들 것이다. 그때까지는 우리의 힘으로 마수를 막아내야 한다."

드래곤이라는 존재가 너무도 답답하게 느껴졌다.

그들은 단체 생활을 병적으로 싫어했다.

네르키스처럼 다른 종족과 관계를 가지는 드래곤은 없었다. 네르키스가 특이한 케이스였다.

하루의 휴식은 너무도 빠르게 지나갔다.

그래도 하루의 휴식을 취한 상태이기에 부대원들의 상태는 좋아 보였다.

도시에서 마정석 수류탄을 만들던 조나단을 아예 던전으로 데리고 왔다.

마정석 수류탄을 일주일에 한 번 보급받기에는 전투가 너무 치열했다.

그가 던전에서 상주하며 마정석 수류탄을 만들어내야 했다.

조나단에게는 미안했지만 어쩔 수 없었고, 조나단도 딱히 거절 의사를 보이지 않았기기에 그를 데리고 올 수 있었다.

교대로 쉬는 드워프들이 조나단을 도와 마정석 수류탄을

만들어내자 보급량이 크게 늘었다.

이제는 마정석 수류탄을 아끼지 않아도 좋았고, 저번 주보다 더 강한 마수들이 나타났지만 오히려 더 편하게 전투를 치를 수 있었다.

하지만 그런 편한 전투는 정확히 3일이 지나서 끝이 났다.

"조심해라. 지금 다가오고 있는 마수는 강하다."

네르키스가 말해주지 않아도 나는 이빨을 들이밀고 우리에게 다가오고 있는 마수들이 얼마나 강한지 느낄 수 있었다.

이번 마수들은 이전에 상대한 마수들보다 큰 덩치를 가지고 있고 더 날렵해 보였다.

그리고 진형을 갖추고 있었다. 진형을 갖춘 마수를 보는 것은 이번이 처음이다.

"드디어 모습을 드러냈군. 마수의 중심에 있는 존재가 보이느냐?"

마수들을 뚫어져라 쳐다보자 아무런 기운도 느껴지지 않는 마수가 보인다.

일반 마수보다 약해 보이는 저 마수가 네르키스가 가리킨 마수 같았다.

"하얀 털의 마수를 말하는 겁니까? 약해 보이는데요?"

"전투적인 능력으로만 보면 약하다. 하지만 저 마수의 능력은 전투가 아니다. 저 하얀 털을 가진 마수는 다른 마수들의 공격 능력을 향상시키는 능력을 가지고 있다. 저 마수 근처에 있는 마수들은 방어력과 공격력이 상승한다. 가장 우선적으로 저 마수를 죽여야 한다. 우리는 저 마수를 오피서라고 불렀지. 마수들은 오피서의 옆에서 진형을 유지하며 움직인다. 공격 본능을 줄이고 그를 보호하며 움직이는 과정에서 진형이 만들어진다."

몬스터 부대를 조종하던 지능형 몬스터 같은 존재가 마수에게도 있었다.

지능형 몬스터에 비해 더 강한 능력을 가지고 있는 오피서였다.

확실히 오피서 옆에 있는 마수들의 기운이 더 강하게 느껴졌다.

* * *

오피서의 존재가 마수들을 얼마나 더 강하게 만들었는지 확인해야 했다.

내 생각을 읽기라도 한 듯 사장이 부대원들을 향해 소리쳤다.

"전 부대원, 수류탄 투척!"

마정석 수류탄이 마수들을 향해 떨어졌다.

산개하지 않고 오피서를 중심으로 뭉쳐 있는 마수들이었기에 마정석 수류탄은 좁은 곳을 향해 밀집해 날아갔다.

퍼엉!

수류탄이 만들어내는 굉음과 함께 흙먼지가 일어났다.

흙먼지가 다 날아가기도 전에 흙먼지 안에서 흰색의 광채가 빛을 내고 있다.

"마정석 수류탄으로는 효과가 없겠네요."

"그러게 말이다. 저 하얀 마수 놈이 만들어내는 방어막이 마정석 수류탄의 폭발을 막아내고 있어. 저놈을 먼저 잡지 않는다면 마정석 수류탄을 던지는 것은 맨땅에 헤딩하는 일이 되겠는데?"

"걱정하지 마세요. 저놈들, 금방 잡고 올게요."

이미 드래곤과 드래고니안들이 오피서를 향해 날아가고 있었고, 나는 그들의 뒤를 쫓아갔다.

오피서는 위험을 감지했는지 마수들 속으로 모습을 완전히 감추었고, 평소보다 더 흥분한 마수들이 우리를 향해 이빨을 들이밀고 있었다.

"오피서는 세 마리. 각자 한 마리씩 맡으면 되겠다."

드래곤의 말에 소외받는 기분이 든 그라니안이 볼멘소리를 했다.

"저도 한 마리 잡을 겁니다. 누가 먼저 잡는지 해보시죠."

그라니안은 가장 중심에 숨어 있는 오피서를 찾으러 날아갔고, 그의 뒤를 루카라스가 쫓아갔다. 이러니저러니 해도 같은 피가 흐르고 있는 그라니안이니 그가 걱정된 것이다.

네르키스도 사냥감을 찾아 움직였고, 나는 남은 한 마리를 향해 움직였다.

오피서는 새끼 고양이처럼 큰 눈을 껌벅거리며 마수들의 틈에서 보호받고 있었다.

우리는 고양이 새끼를 잡기 위해 덩친 큰 마수들을 헤쳐 나가야 했다.

은신이 통할까?

지능형 몬스터를 잡을 때 은신의 효과를 톡톡히 봤다.

그런 기대를 가지고 은신을 펼쳤다.

나는 으르렁거리는 마수들 곁으로 조심스럽게 다가갔다.

아직은 나를 발견하지 못하고 있는 마수들이다.

'그래, 이대로 얌전히 있어. 내가 하얀 고양이 한 마리만 데리고 나갈 때까지만 부탁한다.'

따닥따닥 붙어 있는 마수들 틈에서 천천히 몸을 움직였다.

이미 다른 지역에서 치열한 전투가 벌어지고 있었기에 마수들의 시선이 그 쪽을 향하고 있었다. 자신들이 지키는 오피서가 위험한 상황에 빠져 있다는 것도 모른 채 말이다.

은신을 펼친 상태에서 오피서에게 접근하는 것에 성공했다.

다른 마수들의 품에 싸여 있는 오피서이긴 했지만 이 정도 거리를 좁힌 것만으로 이미 작전은 성공한 거나 다름없다고 생각되었다.

번쩍.

오피서의 눈이 정확히 나를 바라보며 빛을 발했다.

오피서의 눈에서 나오는 빛을 받으니 은신이 풀리기 시작했다.

"크아아앙!"

"고양이들이 울부짖는 거 체질적으로 좋아하지 않는다고. 얌전히 있어. 하얀 놈만 데리고 갈 테니까."

마수들이 내 말을 알아들을 리 없고, 거칠게 나에게 달려들기 시작했다.

지금까지 상대해 온 마수보다 곱절은 큰 놈들이다.

발톱 하나가 내 손만 했다.

나는 오행의 기운을 이용해 그들을 밀어내려고 시도했지만 역부족이었다.

오늘 나타난 마수 자체가 강하기도 했고 오피서의 영향 덕분인지 강철 같은 피부와 강인한 육체를 가지고 있었다.

그래, 어디 갈 데까지 가보자.

나는 손 위에 마룡의 불꽃을 만들어내었다. 조용히 하얀 고양이만 납치하려는 계획은 실패였다.

이미 나는 마수들에게 둘러싸여 있는 형국이다.

이런 상황에서 하얀 고양이를 납치하기 위해서는 마수들을 짓밟고 걸어가야 했다.

마수들이 움직이기 시작했다.

가장 왼쪽이 있는 마수가 나를 향해 발톱을 들이밀자 나는 그놈에게 마룡의 불꽃을 먹여주었다.

이건 좀 매울 거다.

오행의 기운을 거뿐히 견딘 마수였지만 마룡의 기운이 입 안으로 들어가자 몸을 비틀다 상태 이상에 빠져 버렸다.

지금 당장 상태 이상에 빠진 마수를 봉인시키고 싶었지만 상황이 여의치 않았다.

지금의 목표는 하얀 고양이였다.

다른 마수들이 상태 이상에 빠진다고 해서 시선을 돌릴 수는 없었다.

이 세상에는 두 가지 부류의 조직이 있다.

하나는 동료가 다치거나 죽으면 죽음을 겁내 도망가는 부류이고 다른 하나는 동료의 죽음에 분노해 그렇게 만든 상대를 집요하게 물어뜯는 부류이다.

불행하게도 마수는 후자였다.

한 마리의 마수가 상태 이상에 빠져들자 다른 마수들의 눈이 돌아갔다.

탐색전을 스킵해 버리고 나에게 죽자 살자 달려드는 마수들이다.

사방에서 공격해 들어오는 마수를 피하기 위해 땅속으로 파고들어 가자 마수는 내가 만든 구멍으로 뛰어들어 오려고 했다.

사방이 아니라 한 방향에서만 오는 공격이라면 내가 유리했다. 마룡의 불꽃으로 입구를 막기만 하면 되었다.

마룡의 불꽃에 막혀 구멍에 들어오지 못하자 나는 그 틈을 노려 하얀 고양이가 있는 쪽으로 땅굴을 파기 시작했다.

땅의 기운은 내 수족과 다름없다. 기운은 저절로 구멍을 넓히며 길을 만들었고, 나는 순식간에 하얀 고양이가 있을 법한 위치에 도착했다.

퍼엉!

땅의 기운이 솟구치며 거대한 장벽을 만들어내었다.

쇠의 기운까지 더한 장벽이었지만 마수의 발톱에는 힘없이 무너져 내릴 것이다.

하지만 장벽을 부수기 위해서는 약간의 시간이 필요했고, 내가 노리는 것은 그 약간의 시간이었다.

하얀 고양이 주위에 있던 마수 네 마리가 나와 같이 장벽에 갇혔다.

네 마리의 마수 중에 세 마리가 나에게 달려들었다.

최소한의 방어 병력을 빼고 나에게 공격해 들어오는 것이다.

이 정도의 계획을 가지고 마수들이 공격해 올 리는 없었다. 전부 오피서의 능력이었다.

마수들의 공격이 매섭게 들어오자 나는 바람의 기운을 극성으로 끌어 올려 그들의 공격을 흘려보냄과 동시에 오피서와 그를 지키는 마수 한 마리의 곁으로 다가갔다.

그러고는 그 두 마리의 마수가 있는 위치에 거대한 땅굴을 만들었다.

순식간에 벌어진 일이다.

오피서와 마수는 영문도 모른 채 땅속으로 끌려들어 갔고, 나는 재빨리 구멍으로 몸을 던진 다음 입구를 마룡의 불꽃으로 감쌌다.

그뿐 아니라 땅굴 주위를 쇠의 기운으로 막기까지 했다.

육체적인 힘이 약한 오피서는 불안한 눈으로 다른 한 마리의 마수를 쳐다보고만 있고, 그 마수는 나를 죽일 듯이 쳐다보고 있다.

"혼자 어떻게 하려고? 너희들은 단체로 움직여서 무서운 거지 한 마리는 겁이 안 나거든. 일단 너부터 맛 좀 보자. 오피서는 다음 차례니까 순서를 지키고."

오피서를 지키고 있는 마수에게 반대로 내가 이빨을 세우며 달려들어 갔다.

마수는 자신을 물려고 하는 내 모습에 조금 당황한 듯 보였다.

항상 자신들이 누군가를 무는 입장이었지 이렇게 물림을 당하는 입장은 처음일 것이다.

오피서 덕택에 딱딱한 피부를 가지고 있어 이빨이 피부를 뚫지 못했다.

마룡의 불꽃으로 마수의 피부를 지지고 나서야 마수의 피를 들이마실 수 있었다.

역한 냄새를 풍기는 마수의 피에서는 독의 기운이 느껴졌다.

'먹어도 될까' 하는 의심이 생겼지만 이미 저지른 일이다.

날이 지날수록 더 강한 마수들이 나타날 것이고, 지금 같은 기회가 다시는 오지 않을 수도 있었다.

거침없이 마수에게 이빨을 박아 넣어 마수의 역겨운 피를 들이마셨다.

다행히 순혈의 기운이 마수의 피도 흡수하고 있었다.

오랜만에 느껴보는 희열에 정신을 잃을 뻔했지만 지금은 한창 전투가 벌어지고 있는 중이다. 의도적으로 마수의 상처를 더 벌려 빠르게 피를 흡수했다.

툭.

마수의 피를 모조리 흡수한 뒤 마수의 축 처진 몸뚱어리를 바닥에 던져 버렸다.

"오래 기다렸지? 예약이 밀려 있어서 말이야. 이제 네 차례니까 이리 오렴."

오피서는 하얀 털을 떨며 나에게서 멀어지려고 하는데 큰 눈망울에는 눈물이 글썽거리고 있다.

"이거 왜 이러실까. 마수가 그렇게 겁이 많아서 되겠어? 잠시 맛만 볼게."

피를 흡수당하면 약간 동안 숨이 붙어 있을 뿐 얼마 지나지 않아 죽게 된다.

지금 쓰러진 마수도 그런 절차를 밟고 있다.

나는 고양이보다 약간 큰 오피서를 두 손으로 움켜쥐고 그의 등에 이빨을 박아 넣었다.

방금 전의 마수와는 달리 피부가 약한 녀석이었다. 마치 두부를 깨문 것처럼 이빨이 손쉽게 오피서의 피부에 박혀들어 갔고, 나는 오염되지 않은 오피서의 피를 들이마셨다.

이전의 마수는 오염된 검은 피를 가지고 있었다면 오피서는 맑고 마시기 좋은 피를 가지고 있었다.

오피서의 피가 몸 안으로 들어오자 생전 처음 피를 먹어본 기분이 느껴졌다.

혈관을 타고 흐르는 피뿐만 아니라 세포까지 오피서의 피를 받아들이고 있는 것처럼 온몸이 부르르 떨려왔다.

하얗고 푹신한 오피서의 기운이 몸속으로 퍼져 나갔다.

희열은 느껴지지 않았다. 푹신한 침대에 누워 휴식을 취하는 기분이다.

이 기분을 즐기며 잠에 빠져들고 싶었지만 상황이 숙면을 허락해 주지 않았다.

오피서는 이미 죽음에 직면해 있었다.

이미 나에게 피를 빨린 마수는 시체가 되어 미동도 없었다.

"잠깐만. 마수는 죽지 않는 존재라고 했잖아. 죽어도 다시 기운이 사라져 새롭게 태어난다고 했는데 이 마수는 상태 이상에 빠진 것도 아니고 그냥 죽은 것 같은데."

한 가지의 가설을 세울 수 있었다.

순혈의 기운에 흡수당한 마수는 나에게 기운을 빼앗겨 버리고 완전한 죽음을 맞이하는 것이라는 가설을.

"이거 괜찮은데?"

그러나 내가 흡수할 수 있는 것은 한 종족을 통틀어 한 마리뿐이라는 데 생각이 미쳤다.

바깥을 검게 채우고 있는 마수들을 모조리 흡수할 수는 없었다.

"좋다 말았네. 이런 제약만 없었다면 마수들에게 모조리 이빨을 박아 넣는 건데."

목표로 한 오피서를 잡았으니 이제 여기에서 벗어나야 했다.

나는 투척 명령만을 기다리고 있는 부대원들의 발밑까지 땅굴을 만들어 이동했다.

그리고 부대원의 근처에 와서야 땅속에서 몸을 끄집어내었다.

"아, 깜짝이야. 나는 마수가 튀어나온 줄 알고 쇼크 건을 발사할 뻔했잖아. 멀쩡한 길을 두고 왜 땅속으로 다녀?"

"상황이 여의치 않아서 그랬죠. 드래곤과 드래고니안은 돌아왔습니까?"

"너보다 훨씬 전에 돌아와서 너 기다리고 있어."

뒤를 보니 드래곤과 드래고니안이 늠름하게 마수를 바라보며 서 있고 마수들은 드래곤이 만든 불의 장벽에 갇혀 움직이지 못하고 있었다.

"뭐 하세요, 수류탄 안 던지고? 조나단이 이런 모습을 보고 있으면 괜히 수류탄 만들어줬다고 한탄할지도 몰라요."

"그러면 안 되고말고. 전 부대원, 수류탄 투척 준비! 준비된 사수부터 투척!"

오피서가 사라진 마수들에게 수류탄 수백 발이 날아들자 절반 정도의 마수가 상태 이상에 빠져들었다.

"투척 준비! 준비된 사수부터 발사!"

깔끔하게 마무리를 짓고 싶어한 사장은 다시금 수류탄 투척을 명했다.

조나단이 던전 안에 있는 이상 수류탄을 아낄 필요가 없다고 생각했는지 아낌없이 수류탄을 들이붓는 사장이다.

흙먼지가 가라앉자 소수의 마수를 제외한 모든 마수가 상태 이상에 빠져 마수 봉인조인 우리가 마수들을 향해 날아갔다.

정말 극소수의 마수만이 움직이고 있었기에 빠르게 마수들을 봉인시킬 수 있었다.

"네르키스 님, 마수는 아직도 많이 남았겠죠?"

"아직 시작도 하지 않았다고 봐도 된다. 지금보다 더 강한 마수들이 곧 나타날 것이다. 힘을 아껴두거라."

매일같이 전투를 벌이기는 했지만 힘든 전투는 없어 체력이 부족하지는 않았다.

그래도 드래곤의 말처럼 휴식을 취할 수 있을 때 취하는 것이 좋았기에 나는 던전 안으로 들어갔다.

리치에게 상의할 것이 있었다.

"어르신, 요즘 마수 때문에 실험을 제대로 하지 못하고 계시죠? 안타깝네요."

"지금 나를 놀리려고 찾아온 것이냐?"

"그렇지 않습니다. 어르신의 도움이 필요해서 찾아왔습니다."

"무슨 도움이 필요하다는 것이냐? 이미 너는 나보다 강한 존재가 되었고 딱히 내가 도와줄 것이라고는 마법적인 실험밖에 없지 않느냐."

"바로 그 도움이 필요합니다. 제가 이번 전투에서 마수의 피를 흡수했습니다."

"아니, 조금만 들이마셔도 숨이 끊어지는 마수의 피를 흡수했다는 말이냐? 만약 잘못되기라도 하면 어쩌려고 그랬느냐."

"혹시나 하는 생각으로 그랬는데 다행히 성공했습니다. 그런데 제가 마수의 피를 흡수하기는 했는데 딱히 어떤 능력이 생겨났는지 알 수가 없습니다. 분석을 부탁드려도 괜찮겠습니까?"

리치는 자연스럽게 유리병을 나에게 내밀었고, 나는 그 병 안에 피를 가득 담아주었다.

"오래 걸리지는 않을 거야. 네르키스 님이 사용하던 도구들이 있으니 금방 분석해 알려주겠다."

리치는 피가 가득 담긴 유리병을 들고 실험실로 빠르게 이동했는데 그는 오랜만에 하는 실험이라 그런지 즐거워 보였다.

제5장
칼리스

PURE
BRED
HUNTER

리치가 내 피가 담긴 유리병을 들고 실험실로 들어가고 얼마 있지 않아 또 마수의 침공이 시작되었다. 오피서를 포함한 마수들이 침공해 왔지만 이번에도 오피서를 먼저 제압하는 방식으로 어렵지 않게 해결할 수 있었다. 줄어가는 마정석 수류탄을 보급하기 위해 드워프들은 일절 전투에 참여하지 않고 조나단을 도와 마정석 수류탄을 제작했고, 덕분에 6일 동안의 전투를 잘 버틸 수 있었다.

"이리로 와보거라. 네 피에 대한 실험 결과가 나왔다."

금방 분석이 가능할 거라는 예상과는 달리 6일이 지나서야 실험 결과가 나왔다.

"어떻게 좋은 능력이라도 하나 생겼나요?"

"마수의 피에 대한 실험을 한 적이 한 번도 없었기에 참고 자료가 부족해 생각보다 오랜 시간이 걸렸다. 네르키스 님의 도움이 아니었다면 아직도 실험하고 있었을지도 모른다."

네르키스도 리치만큼이나 새로운 것을 분석하는 것을 좋아했다. 드래곤은 오랜 시간 살아온 존재로 모르는 것이 없다고 할 수 있다. 그런 드래곤에게 모르는 것이 생긴다면 당연히 끓어오르는 호기심이 생기게 마련이다.

"너의 피를 분석한 결과 이때까지 흡수한 어떤 몬스터의 피보다 더 많은 양의 마수의 피가 혈액에서 검출되었다. 그 피를 토대로 여러 가지 실험을 해 몇 개의 결과를 얻어낼 수 있었다. 가장 먼저 너는 앞으로 마수의 독에 걱정하지 않아도 되는 신체를 가지게 되었다. 네 몸속에서 흐르는 마수의 피가 마수의 독에 대한 내성을 만들어주었다. 물론 엄청난 양의 독이 한 번에 들어가게 된다면 목숨이 위험할 수도 있겠지만 마수의 이빨이나 발톱에 긁히는 상처는 신경 쓰지 않아도 좋다."

"그래요? 마수의 독이 은근 신경 쓰였는데 이제 그런 걱정하지 않아도 되네요. 독만 없다면 마수야 애완 고양이 수준이죠."

애완 고양이치고는 덩치가 크고 이빨이 날카롭긴 하지만 그래도 독이 있는 것과 없는 것은 천지 차이였다.

"그리고 다른 능력으로는 네가 먼저 마수를 공격하지 않는다면 마수도 너를 먼저 공격하지 않을 것이다. 네 몸속에서 흐르고 있는 마수의 피가 마수들에게 동질감을 주어 동료로 인식하게 되는 것이다. 하지만 오피서 이상의 마수라면 네가 동족이 아니라는 것을 금방 알아차릴 것이다."

"그것도 좋은 능력이네요. 오피서 이상의 마수의 피를 흡수하게 되면 나중에는 혼자 마수들 틈 속에서 유유히 걸어 다닐 수도 있겠네요?"

"네르키스 님의 말에 따르면 아직 더 강한 마수의 종류가 남아 있다고 한다. 마수 분포도를 보면 단순히 신체적인 능력만이 뛰어난 일반 마수가 90%를 차지하고 오피서가 5%, 그 위의 상위 마수가 나머지 5%를 차지한다고 한다. 상위 마수들의 종류도 나뉘는데 상위 마수 중에서 가장 많은 수를 차지하고 있는 것이 칼리스라는 마수로 오히려 일반 마수들보다 작은 덩치를 가지고 있지만 빛살처럼 변해 움직이는 그들을 상대하기는 매우 까다롭다고 한다. 마수치고는 영리한 두뇌를 가지고 있어 언제 공격할지, 언제 몸을 피해야 할지 잘 알고 있는 마수이기 때문에 자칫 잘못하면 큰 피해를 입을 수도 있다."

"칼리스……. 어떻게 생긴 마수인지 보지는 못했지만 말만 들어도 귀찮은 놈일 것 같네요. 그러면 칼리스보다 더 강한 마수는 뭐가 있나요?"

"네르키스 님에게 물어보는 것이 더 좋을 것이다. 나도 네르키스 님에게 들은 내용이다."

"네르키스 님은 설명을 하는 능력이 떨어져서요. 하고 싶은 말만 하시니 이해하기가 힘들어요. 어르신의 설명이 듣기도 좋고 머리에도 잘 들어와요."

"그렇다면 내가 말해주겠다. 칼리스보다 더 강한 마수는 두 종류가 더 있다. 먼저 드래니스라는 마수가 있다. 이름 그대로 드래곤만큼 큰 육체를 가지고 있는 마수이다. 다른 특수 능력은 없지만 엄청난 육체를 느리지 않은 속도로 움직이며 주위를 파괴하는 마수이다. 방어력도 매우 뛰어나기에 마정석 수류탄에 큰 피해를 입지 않을 것이라고 예상하고 있다. 그리고 마지막으로 가장 강한 마수인 파오르가 있다. 이 마수는 모든 마수의 장점을 골고루 가지고 있다고 보면 된다. 그리고 신체를 세 단계로 변형시킬 수 있다. 칼리스처럼 작은 육체를 가지고 있을 때는 빠른 속도를 내며 드래니스처럼 큰 육체를 가지고 있을 수도 있다. 그리고 보통의 경우는 인간과 비슷한 육체로 변할 수 있는데 이때를 가장 조심해야 한다. 주변의 모든 기운을 끌어들여 육체를 강화시키고 자신이 가진 기운을 발사할 수 있는데 드래곤이라고 해도 이 공격에 치명상을 입는다."

"아니, 그런 마수가 얼마나 있다고 합니까? 칼리스나 드래니스는 그렇다고 쳐도 파오르가 많다고 하면 전쟁을 이기기 힘들겠는데요."

"다행히 파오르는 열 마리를 넘지 않는다고 한다."

"그거 듣던 중 반가운 소리네요. 그래도 그들이 한 번에 공격해 들어온다면 힘들겠는데요?"

"그럴 일은 없을 거라고 한다. 일반 마수의 경우에는 집단행동을 주로 하지만 상위 마수들은 집단행동을 그렇게 좋아하지 않는다고 한다."

"역시 강한 놈들은 혼자 노는 것을 좋아하네요. 우리와 합류하지 않은 드래곤들처럼요."

네르키스를 제외한 다른 드래곤들이 아직 합류하지 않고 있었다.

자신의 강한 힘을 믿는 건지 아니면 마수들을 무시하는 건지 마수 사냥을 개인적으로 하고 있다고 했다. 지금은 한 명의 힘이라도 더 모아야 되는 상황인 걸 인지하지 못한 드래곤들이 멍청하게만 느껴졌다.

리치와의 대화를 끝내고 던전 밖으로 나왔다.

거기에는 하루 동안의 짧은 휴식을 즐기는 부대원들이 있었는데 그들은 먼지가 잔뜩 묻은 옷을 빨거나 가볍게 산책하는 등 여유로움을 만끽하고 있었다.

특히 여기에서까지 전투 족구를 즐기는 사장과 여러 명의 부대원들을 보고 있자니 마수와의 전쟁을 하고 있는 상황인지 의심이 들었다.

"족구 재밌어요? 그냥 누워서 휴식을 취하는 게 낫지 않아요?"

나는 부대원들 간의 족구 시합의 심판을 보고 있는 사장에게 다가갔다. 그는 내 말을 들으면서도 여전히 경기에 집중하고 있었다.

"모르는 소리 하지 마. 휴식은 그냥 누워 잔다고 휴식이 아니야. 적당히 몸을 풀어주어야 스트레스도 풀리고 컨디션도 좋아지는 거야."

일반적인 족구 시합이었다면 사장의 말에 동의했을 것이다.

하지만 부대원들 간의 전투 족구는 일반 족구와는 완전히 다른 방식이었다.

공 대신 쇳덩어리로 하는 족구는 공격 하나하나가 엄청난 힘이 실려 있었다.

잘못 맞았다가는 뼈가 부서질 수도 있는 그런 족구 경기였다.

"아니, 일반적인 족구처럼 공으로 하지 왜 쇳덩어리로 족구를 하는 거예요?"

"너도 잘 알고 있잖아. 일반적인 고무공을 쓰면 몇 분 되지 않아 공이 터져 나간다고. 쇳덩어리 정도는 되어야 시합을 할 만하지. 너도 한 게임 할래? 너도 족구 좋아하잖아."

"괜찮아요. 제가 끼면 시합이 되겠어요? 부대원들끼리 열심히 하라고 하세요."

"그래라. 나는 다음 판부터 껴야겠다. 심판을 보고 있으니
몸이 근질근질하네."

휴식은 너무 빨리 지나갔다.

결전의 날, 이른 아침이 오기 전에 부대원은 잠에서 깨 전
투 준비를 했고 드워프들과 조나단은 보급품을 나눠 주었다.

달이 지고 태양이 떠오르자 마수들의 울부짖음이 다시금
들려왔다.

지긋지긋한 마수와의 전쟁이 다시 시작되는 것이다.

"저게 칼리스라는 마수인가 보죠?"

마수들이 하나둘 던전으로 모여들었는데 그들 중에 정말
고양이만 한 마수가 끼어 있었다. 오피서보다 더 작은 몸을
가지고 있는 마수였다.

"그렇다. 저기 보이는 마수가 칼리스다. 빛살처럼 빠른 속
도로 몸을 움직이는 놈들이다. 절대 방심해서는 안 된다."

방심을 하고 싶어도 할 수가 없는 상황이다. 일반 마수뿐만
아니라 그들의 중심에는 오피서가 자리를 잡고 있고 소수의
칼리스가 이곳저곳에서 몸을 드러냈다.

칼리스는 얼마 되지 않아 보이는 숫자 같았지만 워낙 빨리
움직이는 놈이라서 그런지 어디를 봐도 칼리스를 찾아볼 수
있었다.

"시작이다! 모두 전투 준비!"

이번 작전도 오피서를 먼저 처리해야 했다.

칼리스가 얼마나 강한지 모르는 상황이지만 오피서를 먼저 봉인하지 못한다면 기껏 만들어놓은 마정석 수류탄이 무용지물로 변할 수 있었다.

시작은 좋았다.

마수의 피를 흡수한 덕택에 마수들 사이를 걸어 들어가 오피서를 어렵지 않게 납치해 봉인할 수 있었다.

하지만 오피서를 상태 이상으로 만들 때마다 죄책감이 들었다.

큰 눈으로 나를 쳐다보며 눈물을 글썽이는 오피서를 볼 때면 공격 의지가 꺾였다.

"오피서 한 마리 봉인했습니다."

나보다 먼저 자리로 돌아온 드래곤이다. 그는 내 말을 듣지도 않고 드래고니안의 전투를 지켜보고 있었다.

루카라스와 그라니안은 힘든 전투를 하고 있었다. 여러 마리의 칼리스에게 공격당하고 있는 것이다. 칼리스는 오피서에게 다가가려고 하는 드래고니안들의 앞길을 막고 있었다.

드래고니안의 수련으로 돌보다 강한 육체를 가지고 있는 드래고니안들이었지만 칼리스의 공격에 피를 흘리기 시작했다. 피 냄새를 맡은 마수들이 드래고니안의 주위를 둘러싸며 이빨을 들이밀고 있었다.

"도와줘야겠는데요? 제가 드래고니안을 도와 전투를 하겠습니다. 네르키스 님은 부대원들의 엄호를 부탁드리겠습니다."

우리가 자리를 비운 틈에 마수들이 부대원들을 공격하기라도 한다면 지금까지 해온 전투 방식을 고수할 수 없었다.

그랬기에 드래곤에게 부대원들의 안전을 맡기고 나는 드래고니안을 돕기 위해 움직였다.

피를 조금 흘리고 있는 드래고니안들이긴 했지만 아직은 견딜 수 있어 보였다.

그렇다면 그들을 돕기보다 오피서를 사냥하는 것이 나았다.

오피서만 없다면 드래고니안은 몸을 빼도 되었고 그 후에는 차례를 기다리고 있는 마정석 수류탄을 사용할 수 있었다.

마수에 대한 공격 의사를 지우고 그들이 모여 있는 곳으로 천천히 걸어 들어갔다.

역시 마수의 피를 흡수한 덕택에 마수는 나를 신경 쓰지 않았다.

오피서가 이제 손에 잡힐 거리에 있다.

눈을 동그랗게 뜨고 나를 바라보고 있는 오피서만이 내가 자신들의 동료가 아니라는 것을 알아차리고 있었다.

"미안하지만 너를 도와줄 마수가 없어 보이네."

오피서를 잡으려 손을 뻗으려는 순간 빛살 하나가 내 손을 치고 지나갔다.

칼리스였다.

확실히 빠른 속도였다. 음속과 광속이 얼마나 빠른지는 모르겠지만 칼리스는 내가 지금까지 보아온 어떤 누구보다 빠른 속도를 가지고 있었다.

칼리스도 나를 적으로 인식하는 건가?

이렇게 되면 조금 곤란해지는데.

오피서를 조용히 납치하려는 계획은 칼리스에 의해 무산되었다.

그렇다고 해서 이대로 포기할 수는 없었다.

칼리스의 공격이 매섭기는 했지만 그렇다고 해서 치명상을 입을 정도는 아니었다.

칼리스의 공격을 무시하고 오피서를 잡기로 했다.

위이잉.

오피서 옆에 있던 칼리스가 몸을 떨며 점점 형체를 지워가다가 이윽고 하나의 빛살이 되어 나에게 날아들어 왔다.

그 공격을 피하거나 막기에는 이미 늦었다. 나는 몸을 쇠의 기운으로 보호한 채 앞으로 돌진했다.

퍽! 퍽!

칼리스가 내 몸을 두들기는 충격을 받았지만 그래도 나는 오피서를 잡는 데는 성공할 수 있었다. 나는 오피서를 손에 꽉 쥔 채로 그대로 하늘 위로 올라갔다.

나를 따라 칼리스 몇 마리가 하늘로 솟구쳐 올라왔지만 쇠의 기운과 바람의 기운으로 몸을 보호하며 오피서를 쥔 손에 마룡의 불꽃을 끌어 올렸다.

오피서는 순식간에 마룡의 불꽃의 힘에 잠식당해 불타오르며 상태 이상에 빠졌다.

그러는 동안에도 칼리스는 내 몸을 두들겼다.

나는 몸이 휘청거려 봉인 상자를 떨어뜨릴 뻔도 했지만 성공적으로 오피서를 봉인시킬 수 있었다.

이제는 몸을 빼야 했다. 던전 쪽으로 돌아가자 칼리스는 내 몸을 공격하는 것을 멈추고 마수들이 모여 있는 곳으로 돌아갔다.

확실히 영리한 놈이었다. 많은 수의 부대원이 있는 던전으로 혼자 들어가는 것은 위험한 일이라고 생각했는지 칼리스는 마수의 틈에 숨어 기회를 엿보고 있다.

"사장님, 오피서는 이제 없어요."

"오케이. 전 부대원, 마정석 수류탄 투척!"

이미 수류탄의 안전 고리를 제거하고 기다리고 있던 부대원들은 마수들을 향해 수류탄을 집어 던졌다.

"바로 재투척!"

아직 흙먼지가 가라앉지도 않은 상태였지만 사장은 다시 수류탄 투척을 명했다.

흙먼지를 날리는 바람이 불었다.

드래곤이 마법을 사용해 흙먼지를 날린 것이다.

생각보다 많은 수의 마수가 상태 이상에 빠지지 않았다.

오피서가 사라진 이상 마수들의 공격력과 방어력은 떨어지게 마련이지만 이번 마수들은 선천적으로 강한 방어력을 가지고 있는지 큰 피해를 입지 않았다.

그리고 칼리스는 폭발 범위 한참 뒤에서 우리를 비웃고 있었다.

* * *

"겨우 30% 정도가 상태 이상에 빠졌네. 다시 수류탄을 던질까?"

칼리스의 비웃음에 약간의 분노가 가슴속에서 피어오르고 있을 때 사장이 재투척 의사를 물었다.

"아무리 조나단과 드워프들이 끊임없이 수류탄을 만들고 있다고 해도 이제 첫날이에요. 오늘부터 수류탄을 과소비하면 내일이 힘들어져요. 일단 부대원들과 방어 진형을 세우고 기다리고 계세요. 나머지 마수들은 우리가 처리할게요."

계속해서 비웃음을 날리고 있는 칼리스를 내 손으로 잡아찢고 싶었다.

나와 같은 생각을 하고 있는지 루카라스는 연신 주먹을 쥐었다 폈다 반복하고 있고 드래곤은 이미 마법을 사용할 준비를 하고 있었다.

가장 흥분한 것은 그라니안이었다. 봉인조 중에서 가장 약한 기운을 가지고 있는 그였지만 칼리스의 도발에 제대로 넘어가 눈이 돌아가 버렸다.

"루카라스 님, 그라니안을 부탁드려요."

"이런. 항상 내가 보모 역할을 해야 되는군. 내가 저 나이 때는 저러지 않았는데."

루카라스는 고개를 절레절레 흔들면서 그라니안을 향해 날아들었다

드래곤도 자신의 목표를 정하고 이동했고, 이제 내 차례였다.

나는 칼리스의 피 맛이 궁금했다. 오피서와 일반 마수의 피를 흡수했을 때 생긴 능력은 매우 만족스러웠다. 칼리스의 피를 흡수하게 되면 어떤 능력을 얻게 될지 기대되었다.

저렇게 빨리 움직이는 칼리스를 잡기는 힘들어 보이는데 어떤 덫을 쳐야 저 조그마한 고양이를 잡을 수 있을까.

천천히 마수들 틈으로 걸어가며 생각했다.

마수의 피 덕분에 마수들은 나를 동료로 생각하며 길을 열어주었고, 나를 적으로 인지하는 오피서도 사라진 마당이기에 나는 아무런 전투 없이 칼리스가 있는 곳으로 천천히 이동했다.

칼리스가 움직이는 속도는 눈으로 좇기 힘들 정도이다.

몸을 움직여 칼리스를 잡는 것은 불가능했다.

칼리스가 혹할 만한 미끼를 던져야 했다.

그러나 미끼가 될 만한 것은 보이지 않았기에 내가 미끼가 되어 칼리스를 유혹해야 했다.

나는 마수가 모여 있는 곳을 지나 칼리스가 비웃음을 날리고 있는 장소에 도착했다.

내 살의를 느꼈는지 칼리스는 몸을 떨며 빛살로 변할 준비를 하고 있다.

일반 마수들보다 더 영리한 녀석은 내가 자신들의 동료가 아니라는 것을 금방 깨달았다.

"고양이, 이리 와봐. 내가 귀여워해 줄게. 내가 고양이를 얼마나 좋아하는데. 내가 너의 집사가 되어줄게. 우쭈쭈."

이런 도발이 통할까? 그냥 해본 말이다.

하지만 칼리스는 나의 말에 기분이 나빠졌는지 급속도로 몸을 떨어대며 빛살로 변해 나에게 달려들었다.

내가 원하던 상황이다.

칼리스가 내 몸의 어디를 향해 달려들지는 모르겠지만 분명한 건 나를 향해 달려들어 온다는 것이다.

나는 몸에 쇠의 기운을 가득 담고 칼리스가 부딪쳐 오기를 기다렸다.

칼리스는 내 몸에 부딪치는 순간 약간이지만 움직임이 멈추었다.

찰나의 순간이긴 하지만 그때가 칼리스를 잡을 수 있는 유일한 시간이었다.

위이잉.

칼리스의 진동이 빨라지며 빛살로 변해 나에게 달려들어 왔다.

거기에 갑자기 두 마리의 칼리스가 합류했다.

세 마리의 칼리스.

눈으로 파악하기 힘들 정도였지만 그들이 내 배와 등을 노리고 들어온다는 것을 예상할 수 있었다.

최대한 몸을 구부리며 충격에 대비했다.

그리고 바람의 칼날을 덫으로 만들어 칼리스들을 잡을 준비를 했다.

칼리스가 내 몸에 부딪치는 순간 바람의 칼날로 만든 덫이 칼리스를 덮칠 것이다.

바람의 칼날에 쇠의 기운까지 더해진 덫이다.

아무리 빠르게 움직이는 칼리스라고 해도 덫을 일순간에 찢고 달아나기는 힘들 것이라고 판단했다.

퍽! 퍼— 퍽!

칼리스들이 순차적으로 내 몸을 두드렸고, 나는 피부를 타고 넘어오는 고통에 인상을 찌푸렸다.

고통이 느껴져도 바람의 칼날로 만든 덫을 가동시키는 것은 잊지 않았다.

고통이 전해지는 순간 칼리스들을 향해 덫을 뿌렸다.

세 마리의 칼리스를 모두 잡는다면 최고의 시나리오였지만 나는 그런 욕심은 없었다.

일단은 한 마리의 칼리스면 충분했다.

찌이익.

칼리스들이 내가 친 덫에 걸려들었다. 하지만 내 예상과는 달리 바람의 칼날로 만든 덫은 칼리스를 구속하지 못하고 빛살에 찢겨 나가 버렸다.

쇠의 기운을 더한 바람의 칼날마저 찢어발긴다는 말이지.

더 강한 덫이 필요하겠어.

지금 내가 만든 덫보다 더 강한 덫은 오행의 기운을 이용해 만들 수 없었다.

하지만 방법이 없는 것은 아니었다.

아직 한 번도 시도해 본 적은 없지만 방법이 하나 있긴 했다.

바람의 칼날로 만든 덫에 마룡의 불꽃을 더하는 것이다.

그게 가능하기만 하다면 아무리 칼리스라고 해도 덫을 찢어발기지는 못할 것이다.

마룡의 불꽃에 몸이 타들어가면서까지 덫에 몸을 비비지는 않을 것이다.

칼리스가 나를 바라보며 비웃고 있다.

작은 외형만큼이나 귀여운 녀석들이지만 그런 녀석들의

비웃음까지 귀여운 것은 아니었다.

비웃음을 비명으로 바꿔줘야 했다.

칼리스들이 다시 몸을 떨기 시작했고, 다시 나를 향해 빛살이 되어 날아왔다.

이번은 놓치지 않는다. 이 팽이 새끼를.

빛살이 몸에 부딪치며 다시 충격이 몸에 전해졌다.

그 순간 나는 바람의 덫을 만들어내고 그 안에 마룽의 불꽃을 더했다.

마룽의 불꽃은 뭐든지 태우려고 하는 성향이 강했기에 바람의 덫에 구멍이 생기기도 했다.

두 마리의 칼리스가 구멍 난 틈새를 통해 도망갔다. 하지만 구멍 난 틈새를 미처 찾지 못한 한 마리의 칼리스가 덫에 걸려 몸을 떨어대었다.

몸을 떨어대며 빛살로 변하는 칼리스였지만 자신의 몸을 태우는 마룽의 불꽃에 이러지도 저러지도 못하고 있었다.

아무리 몸을 진동시키며 빛살로 변해 있는 칼리스라고 해도 한곳에 정지해 있다면 잡은 것이나 다름없었다.

마룽의 불꽃이 점점 불길을 키우자 바람의 덫은 불꽃에 타들어가 사라졌다.

나는 마룽의 불꽃 안에 있는 칼리스를 냉큼 잡았다.

엄청난 진동을 일으키는 칼리스였기에 쇠의 기운을 가득 담은 손바닥이 찢어져 피가 흘렀다. 하지만 나는 칼리스를 놓치지 않았다.

"그만 좀 떨어. 몸 떨면 복 나간다고 엄마가 알려주지 않았냐?"

피가 흐르고 있는 손바닥에 마룡의 불꽃을 만들어내자 칼리스의 몸이 마룡의 불꽃에 타들어갔다. 그제야 칼리스는 몸을 떠는 것을 멈추었다.

칼리스가 손 안에서 서서히 힘을 잃어가고 있다. 아직 상태 이상에 빠지지는 않았지만 반항하지도 않았다.

여기서 대놓고 흡수하기는 좀 부끄럽네.

나를 바라보는 눈이 많지는 않지만 그래도 마수들의 시선과 부대원들의 정신 건강을 위해 칼리스를 손에 꼭 쥐고 땅속으로 들어갔다.

입구조차 막아놓은 구멍 안은 빛도 들어오지 않고 완전히 밀폐된 공간이다.

"잘 먹겠습니다."

비웃음을 날리던 칼리스가 이제는 비굴한 표정을 짓고 있었지만 이미 늦었다.

아니, 처음부터 비웃음을 날리지 않았다고 해도 달라지는 것은 없었다.

와그작!

살점을 한 움큼 뜯어내자 칼리스의 옆구리에서 피가 철철 흐르기 시작했다.

오피서의 피보다는 맑지 않았지만 그래도 일반 마수보다는 더 향긋한 피 냄새가 났다.

흐르는 피가 아까웠다. 나는 칼리스를 입 위로 들어 올려 흐르는 피를 들이마셨다.

입안에 머금은 칼리스의 피가 목을 통해 내려가 구석구석으로 퍼져 나갔다.

몸 안에서 작은 폭탄 여러 개가 터지는 느낌이 들었다.

세포들이 발작하고 있는 느낌이 계속해서 들었다.

하지만 고통스럽거나 괴롭지는 않았다. 이런 반응이 재밌을 뿐이다.

약간의 전류가 흐르는 것처럼 몸이 조금씩 떨려왔다.

일반 마수보다 훨씬 작은 덩치의 칼리스였기에 완전히 힘을 흡수하기 위해서 칼리스의 몸을 걸레 짜듯이 비틀어 피를 흘러나오게 했다.

툭.

나에게 피를 흡수당한 칼리스는 상태 이상이 아니라 완전한 안식을 찾았다.

칼리시의 시체는 빠른 속도로 부식되고 있었다.

"그래도 땅속에서 네 피를 흡수해서 무덤이 생겼네. 마수 중에서 무덤을 가진 마수는 흔치 않을 거야. 지옥에 가서 자랑하라고."

나는 칼리스의 피를 완전히 흡수한 뒤 땅속을 빠져나왔다.

전투는 아직 한창 진행 중이었다.

드래곤은 마법을 이용해 칼리스와 마수들을 사냥하고 있었고, 그라니안은 흥분해 사방을 부수고 있었다. 그런 그라니안의 뒤를 좇으며 그를 보호하고 있는 루카라스였다.

전투는 생각보다 길어졌다. 보통은 마정석 수류탄을 이용해 상태 이상에 빠진 마수들을 봉인시키기만 하면 되었지만 이번에는 일일이 우리가 마수들을 상태 이상으로 만들어야 했다. 마수들을 모조리 봉인시키고 나자 허기가 찾아왔다.

"어르신, 실험 부탁드립니다. 칼리스의 피를 흡수했습니다. 이번에는 어떤 변화가 생길지 기대가 되네요."

"여기에 피를 담거라. 전보다는 빠르게 결과를 알려주겠다."

리치는 피가 담긴 유리병을 들고는 신이 나서 실험실로 달려갔다. 리치는 충분히 마수를 상대할 정도의 마법적인 능력을 가지고 있었지만 실험을 하는 것을 더 좋아하는 존재였다.

식사는 항상 최대한 간단하게 해야 했다. 우리는 쉬는 인원이 미리 준비해 놓은 밥을 허겁지겁 먹었다. 마수가 언제 다시 등장할지 몰랐고, 밥을 다 먹기도 전에 마수가 찾아오기라도 하면 끼니를 걸러야 하기 때문이다.

그런 사실을 잘 알고 있는 부대원들이기에 밥과 반찬을 입안으로 쑤셔 넣고는 몇 번 씹지도 않고 삼켰다.

다행히 식사하는 동안에는 마수의 침공이 없어 우리는 허기를 채울 수 있었다.

"마수가 몰려온다. 전투 준비를 해야 한다."

마수들의 울음소리가 들려오기 시작했다. 자신들의 출현을 알리는 하울링 소리에 부대원들은 지겹다는 표정을 하며 슈트에 올라탔고, 나도 자리에서 일어나 전투 준비를 했다.

다행히 이번 전투에는 칼리스는 없이 소수의 오피서만을 대동한 마수들이었기에 밤이 찾아오기 전에 그들을 다 봉인할 수 있었다.

그로부터 3일이 흘렀다. 칼리스가 간간이 모습을 드러낼 뿐 다른 상위 마수들은 아직 모습을 보이지 않고 있었다. 하지만 오늘 거대한 덩치를 가진 마수가 등장했다.

드래니스.

그가 한 걸음 걸을 때마다 지진이라도 난 것처럼 땅이 흔들렸다.

그는 몸을 질질 끌듯이 움직였다. 다리가 있긴 했지만 거대한 몸에 파묻혀 보이지 않았고, 그는 몸의 근육을 이용해 이동하고 있었다. 워낙 큰 덩치의 드래니스이기에 천천히 움직이고 있다고 느껴졌지만 이동 속도는 생각보다 빨랐다.

드래니스를 중심으로 주위에는 수천 마리의 마수가 진형을 유지하고 다가오고 있다.

저렇게 진형을 유지한다는 것은 오피서가 존재한다는 말

이다. 그리고 드래니스의 한참 뒤에서 보이는 빛살.

열 마리가 조금 넘어 보이는 칼리스도 마수들의 무리에 포함되어 있었다.

이렇게 많은 수의 마수들과의 전투는 마수 전쟁이 발발하고 처음이다.

드래니스가 움직이는 속도에 맞춰 다가오는 마수들이 주는 위압감은 상당했다.

네르키스도 이번 전투의 위험성을 감지했는지 본체로 돌아가 하늘에서 마수들을 바라보고 있다. 본체의 모습을 하고 있는 드래곤은 오랜만이다.

고층 건물 몇 개를 합친 것 같은 크기의 드래곤이다.

하지만 그런 드래곤과 크게 차이가 나지 않는 덩치의 드래니스가 우리에게 서서히 다가오고 있다.

"용택아, 저놈에게 수류탄이 통할까?"

"아마 통하지 않을 것 같습니다. 일단 대기해 주세요. 마수의 주위에서 버프를 주고 있는 오피서부터 잡고 마정석 수류탄을 투척하는 것이 좋을 것 같네요. 드래니스와 칼리스는 봉인조가 상대해야 됩니다. 사장님과 부대원들은 일반 마수들을 위주로 수류탄을 투척해 주세요."

드래곤, 드래고니안과는 따로 작전을 짜지 않았지만 우리의 생각은 동일했다.

우리의 전력을 잘 알고 있는 그들이기에 일단은 드래니스와 칼리스를 무시하고 오피서의 사냥에 집중했다.

오피서가 주는 버프를 가지고 있는 마수를 상대하는 것은 매우 까다로웠다.

드래니스와 칼리스도 오피서의 영향을 받아 더 강한 공격력과 방어력을 가지고 있을 것이다. 빠르게 오피서를 정리해야만 승산이 있었다.

우리는 동시에 움직였다. 아무도 돌격 신호를 주지 않았지만 지금 움직여야 할 때라는 것을 알고 있었다. 느껴지는 오피서의 수는 다섯 마리.

우리는 사방으로 퍼져 오피서를 찾아 나섰다.

드래곤이 드래니스와 가장 근접한 오피서를 사냥하러 움직였고, 나는 칼리스의 곁에 있는 오피서를 향해 달려갔다.

칼리스와의 전투는 이미 치른 적이 있기에 칼리스와 싸우며 오피서를 잡는 것은 힘든 일이 아니었다. 걱정되는 것은 드래곤이었다. 드래곤은 드래니스의 저 무지막지한 덩치를 뚫고 오피서를 사냥해야 한다.

내가 그를 도와주어야 했다. 드래곤이라는 존재가 강한 힘과 마법을 사용할 수 있는 존재이긴 하지만 한계가 있었다.

나는 최대한 빨리 내 몫의 오피서를 사냥하고 드래곤을 도와야 했다.

제6장
드래니스

나는 오피서를 사냥하기 위해 칼리스가 주둔하고 있는 지역으로 들어갔다.

칼리스들은 내가 다가오자 몸을 떨어대며 빛살로 변해 나를 공격하려고 했다.

나는 형체도 제대로 보이지 않는 칼리스의 공격에 대비해 몸에 쇠의 기운을 가득 담았다.

몸을 계속해서 떨면서 다가오는 칼리스들.

그들의 형체가 보였다. 일전의 전투에서는 칼리스가 빛살로 변해 공격해 오면 그들의 공격을 예상하며 방어하는 수밖에 없었다.

하지만 지금은 똑똑히 보였다.

칼리스가 빛살로 보이지 않았다. 그저 몸을 급속으로 떨어대는 한 마리의 고양이로 보였다.

이게 칼리스의 피를 흡수해 생긴 새로운 능력인가?

아직 리치의 실험이 끝이 나지 않아 정확하게 능력을 파악하지는 못했지만 칼리스의 움직임을 파악할 수 있는 능력이 생겼다는 것은 알게 되었다.

'이제 보인다는 말이지? 그러면 방어만 할 이유는 없지.'

칼리스의 무서운 점은 어디로 공격해 들어오는지 알 수 없을 정도의 빠른 움직임이다.

물론 빛살로 변해 공격해 들어오는 칼리스의 공격력도 무시할 수는 없었지만 와이번의 비늘을 꺼내 거기에 쇠의 기운을 더한다면 충분히 방어가 가능했다.

칼리스 한 마리가 옆구리를 노리고 공격해 들어오고 있다.

다른 칼리스들은 사방으로 어지럽게 움직이며 나의 틈을 노리고 있었다.

가장 성질이 급한 칼리스가 공격해 들어오고 있는 것이다.

어디로 공격해 들어오는지 보인다면 칼리스를 잡는 것은 어렵지 않았다.

오피서의 버프를 받은 칼리스이긴 하지만 마룡의 불꽃을 견딜 정도의 방어력은 없었다.

바람의 기운이 일렁거렸다. 칼리스가 공격해 들어오는 공간을 바람의 기운이 먼저 장악했다.

그리고 그 안에서 마룡의 불꽃이 아가리를 벌리고 칼리스를 기다리고 있다.

이미 공격해 들어온 칼리스가 후퇴하기에는 너무 멀리 온 상황이다.

콰왕!

"잡았다, 이 꽹이 새끼."

칼리스가 마룡의 불꽃에 타들어가자 냉큼 칼리스의 몸통을 잡았다.

손에 마룡의 불꽃을 더 강하게 피워 올려 칼리스를 상태 이상으로 만들었다.

그 모습을 보고 있던 칼리스들은 쉽사리 나에게 공격해 들어오지 못하고 주변을 얼쩡거리고 있다.

"그래, 그렇게 구경이나 해라. 오피서를 봉인시킬 때까지 그렇게 주위나 빙빙 돌고 있으라고."

칼리스들이 우왕좌왕하고 있는 지금이 오피서를 잡기 가장 좋은 기회였다.

칼리스에게 보호받고 있던 오피서였기에 다른 마수들이 오피서를 지키고 있지 않았다. 나는 칼리스들을 무시하고 오피서를 향해 날아갔고, 여전히 정신을 차리지 못하고 있는 칼리스들은 나를 방해할 생각도 하지 못했다.

"얌전히 상자에 들어가라고."

오피서를 손에 쥐고 힘을 주었다.

연약한 오피서의 몸은 손아귀의 힘을 견디지 못하고 부서지며 상태 이상에 빠졌다.

봉인 상자를 꺼내 오피서를 봉인시키자 오피서의 버프가 사라진 칼리스들의 움직임이 더 생생하게 보이기 시작했다.

"버프가 사라졌네? 이제 어쩔래?"

여전히 빠른 움직임을 보이고 있는 칼리스들이었지만 그들의 움직임이 너무도 잘 보였다.

파리채를 휘두르며 파리를 잡는 것처럼 마룡의 불꽃을 휘둘러 칼리스들을 쳐내기 시작하자 속도의 장점을 잃은 칼리스들은 허무하게 마룡의 불꽃에 상태 이상에 빠져들었다.

"이제 칼리스는 정리가 끝났네. 문제는 드래니스란 말이지."

네르키스는 드래니스를 상대하기 위해 본체로 돌아가 있는 상태였다.

드래니스에게는 드래곤의 마법도 통하지 않는지 여러 가지 마법으로 인해 황폐화된 드래니스의 주변과는 달리 드래니스는 너무도 멀쩡한 모습으로 네르키스에게 분비물을 쏘아내고 있었다.

입뿐만 아니라 몸에 있는 여러 구멍에서 분비물이 튀어나왔는데 그 분비물에 바위마저도 녹아내리고 있었다. 강한 산성으로 보이는 드래니스의 분비물이다.

오피서의 버프 덕택에 드래니스의 공격력이 더 강해졌을 것이다.

네르키스는 자신의 주변을 마법 방어막으로 분비물을 방어하며 드래니스의 몸에 마법과 브레스를 뿜어내었다.

엄청난 에너지가 네르키스의 입에서 쏟아졌지만 드래니스는 온천에 들어온 것처럼 편안한 표정으로 네르키스의 브레스를 받아내고 있었다.

오피서를 처리하지 않는 이상 드래니스를 상대할 방법이 없어 보였다.

[네르키스 님, 조금만 더 고생하세요. 드래니스의 시선을 끄는 동안 제가 오피서를 봉인시키겠습니다.]

드래니스를 상대로 힘겨워하는 네르키스에게 텔레파시를 보내자 네르키스의 거대한 머리가 살짝 위아래로 움직였다.

드래니스가 네르키스에게 분비물을 쏟아내고 있는 사이 나는 빠르게 드래니스의 뒤로 돌아갔다. 마수의 피를 흡수해 마수가 나를 동료로 생각하고 있다고는 하지만 드래니스 정도의 상위 마수라면 내 존재를 쉽게 파악할 수 있었다.

하지만 네르키스와의 공방에 시선이 팔린 드래니스는 내가 자신의 뒤로 돌아가는 것을 알아차리지 못했다.

나는 드래니스의 거대한 몸체를 지나 소수의 마수에게 보호받고 있는 오피서를 찾을 수 있었다. 마수들은 나를 신경도 쓰지 않았다. 단지 드래곤의 브레스에 오피서가 피해를 입지 않게 하기 위해 브레스가 만들어내는 후폭풍을 몸으로 막아서고 있었다.

그런 마수들을 단숨에 뛰어넘었다. 그 순간 오피서에 대한 내 살의가 뿜어져 나왔고, 마수들은 내가 자신들의 동료가 아니라는 사실을 깨달았다.

하지만 너무 늦었다.

마수들이 나에게 달려들려는 순간 이미 오피서는 내 손아귀에 잡혀 상태 이상에 빠져들고 있었다. 하늘로 날아 올라가 마수의 공격을 피해내며 오피서를 봉인 상자에 집어넣었다.

"네르키스 님, 오피서 봉인을 마쳤습니다. 저도 드래니스를 공격하겠습니다."

대답 대신 다시 한 번 드래니스를 향해 브레스를 뿜어내는 네르키스였다.

네르키스의 브레스는 위협적이었다. 기운을 이용해 몸을 방어한다면 피해를 입지 않을 수 있었지만 그렇게 되면 공격력이 떨어지게 된다.

네르키스의 브레스를 피할 곳은 땅속이 제격이다.

땅의 기운을 이용해 땅 깊숙이 들어가 드래니스의 몸체가 있는 곳까지 파고들어 갔다.

드래니스도 볼일을 볼까?

자연의 기운을 밥 대신 먹는 마수들이기에 따로 화장실을 가지는 않을 것 같았지만 그래도 몸 가장 밑 부분에 구멍이 있을 것 같았다.

그대로 땅속에서 치솟아 올라 드래니스의 구멍을 찾았다.

다리까지 살로 파묻혀 있는 드래니스이다. 온통 살로 뒤덮인 그에게서 구멍을 찾는 것은 쉬운 일이 아니었다.

네르키스의 브레스가 끝이 났다.

이제는 드래니스의 차례였다. 분비물을 뿜어내기 위해 숨을 최대한 들이마신 드래니스는 분비물을 네르키스를 향해 뿜어내었다.

드래니스가 분비물을 뿜어내기 위해 그의 몸에 있는 모든 구멍의 입구를 열자 내가 찾는 구멍을 발견할 수 있었다.

주름이 자글자글한 구멍에서 역겨운 냄새가 흘러나왔다. 소똥 냄새와 산성 냄새가 섞인 아주 고약한 냄새였다.

잠시 저 구멍으로 들어갈지 고민이 되긴 했지만 몸을 움직여 구멍으로 들어갔다.

구멍 안으로 들어가자 바로 헛구역질이 올라왔다. 자연의 기운만을 마시는 마수가 왜 이런 냄새를 풍기는지 이유를 알고 싶었다.

이게 마수의 장기인가.

단순했다. 인간이나 다른 동물의 복잡한 신체 구조와는 달리 단순한 구조로 되어 있는 드래니스의 몸속이었다. 주름조차 별로 없는 매끈한 동굴을 가지고 있었다.

몸속의 방어력도 그렇게 뛰어난지 한번 보자.

마룡의 불꽃이 몸 밖에서 춤을 추기 시작했다. 마룡의 불꽃을 극한으로 끌어 올렸기에 손바닥이 아닌 몸 주위를 맴도는 마룡의 불꽃이다.

마룡의 불꽃은 사냥감을 찾아 주변을 돌아다녔고, 이곳에서 마룡의 불꽃의 먹잇감이 될 것은 하나뿐이었다.

단단한 동굴처럼 보이는 마수의 내장.

내장의 외벽을 뚫기 위해 마룡의 불꽃이 살아 움직이기 시작하며 매끈한 마수의 내장을 태우기 시작했다.

꿀렁.

"아프긴 한가 보지, 몸을 흔들어대는 걸 보니? 내장이 이런 움직임을 보인다는 것은 발광하고 있다는 거겠지?"

몸을 지탱할 수 없을 정도로 내장이 요동치기 시작했다.

하지만 그런 요동에도 불구하고 마룡의 불꽃이 쉬지 않고 드래니스의 내장을 갉아먹자 외벽이 조금씩 허물어지기 시작했다.

녹색 물이 조금씩 외벽에 생긴 구멍을 통해 흘러들어 오고 있다.

저게 드래니스의 피인가?

보기에도 역해 보이는 드래니스의 피였지만 그것이 드래니스의 피를 흡수하지 못할 이유는 되지 않았다.

마룡의 불꽃이 일렁거리고 있는 구멍으로 날아가 얼굴을 묻고 녹색 액체를 들이마셨다.

처음 느껴지는 감각은 입이 마비될 정도로 강한 독성이었다.

하지만 녹색의 피가 목구멍으로 넘어가는 순간 독이라고 느껴지지 않았다.

덩치가 큰 만큼 녹색의 액체는 끊임없이 흘러들어 왔고, 피를 삼키는 속도가 빨라졌다.

드래니스의 힘을 흡수하기에는 오랜 시간이 걸릴 것 같았다.

상위 마수 중에서도 최상위권을 차지하고 있는 드래니스이다.

드래곤과 대등한 힘을 가지고 있는 드래니스의 힘을 흡수하는 데 며칠이 걸릴지도 몰랐다.

마룡의 기운을 흡수하는 데 오랜 시간이 걸린 것처럼 일주일을 드래니스의 뱃속에서 시간을 보내야 할 것 같은 불길한 예감이 들었다.

그런 나의 예상과는 달리 몇 시간이 걸리지 않아 드래니스의 힘을 흡수할 수 있었다.

마룡의 기운을 흡수한 경험이 있어서 그런가?

이미 강한 힘을 흡수한 적이 있어 그런 건지 드래니스의 몸 밖으로 나왔는데 하늘은 여전히 밝았다.

마수의 출현으로 태양이 가려진 하늘이긴 했지만 낮과 밤의 경계는 있었다.

지금은 낮이었다.

"나오기를 한참이나 기다렸다. 이미 드래니스는 상태 이상에 빠져 있는 상태이다. 네가 나오지 않아 드래니스를 봉인하지 못하고 있었다."

이미 상황은 종료되어 있었다.

거대한 웅덩이가 여러 개 있는 걸로 보아 마정석 수류탄이 마수들을 향해 날아들었을 것이다.

드래니스를 제외한 마수의 모습은 하나도 보이지 않았다.

마정석 수류탄의 도움을 받은 드래곤과 드래고니안들이 마수들을 봉인시킨 것이다.

"제가 너무 늦었나요? 빨리 나오려고 노력은 했는데 그게 마음처럼 쉽지 않았어요."

"지금이라도 나와서 다행이다. 아직 늦지 않았다. 다른 마수들의 기운은 느껴지지 않는다.”

네르키스가 마수 봉인 상자를 열자 거대한 드래니스가 봉인 상자에 빨려들어 갔다.

그가 있던 곳에 거대한 웅덩이가 남아 그곳에 드래니스가 있었다는 것을 증명하고 있다.

봉인이 끝나자 하늘에서 엄청난 바람이 불어왔다.

머리카락을 사정없이 흩날리게 하는 바람의 원인을 찾아 하늘을 바라보자 드래곤들이 날아오고 있다.

“드디어 다른 드래곤들이 합류하나 봐요. 참 굼뜬 드래곤들입니다.”

마수 전쟁이 반발하고 처음으로 웃는 네르키스였다.

다른 드래곤들의 합류는 그만큼 반가운 일이었다.

“늦지 않았다. 저들이 합류한다면 전쟁에서 승리할 가능성이 생긴다.”

“지금까지 우리끼리 잘 막아냈잖아요. 우리만으로는 전쟁을 이길 가능성이 없다는 건가요?”

“그렇다. 아직 최상위 마수인 파오르가 모습을 드러내지 않았다. 드래니스도 강한 마수이긴 하지만 파오르에 비하면 헤츨링에 불과하다.”

“그 정도로 차이가 나나요? 드래니스보다 더 강한 마수라니 상상이 가지 않네요.”

드래곤들의 합류에 던전 주위의 분위기가 단숨에 변했다.

아직까지 아무런 피해 없이 마수들의 공격을 막아내고 있긴 했지만 불안한 마음이 드는 것은 어쩔 수 없었다.

하지만 이제는 드래곤이 합류했다. 다섯 마리의 드래곤에 불과하지만 여기 있는 모든 전력을 합친다고 해도 그들의 힘에 비할 수는 없었다.

드래곤들은 네르키스와 간단히 인사만 할 뿐 우리에게는 관심도 보이지 않았다.

드래곤이 얼마나 자존심이 강한 존재인지 느낄 수 있었다.

마수들의 공격에 자신들의 던전을 버리고 온 주제에 자존심을 세우기는.

자기들이 다른 종족보다 우월하다고 생각하는 그들이다. 물론 세상의 균형을 수호하는 드래곤들이기에 그런 마음을 가질 수 있다고는 생각되었지만 그렇다고 해서 저렇게 거만한 표정을 하고 있는 드래곤의 모습은 마음에 들지 않았다.

저 모습을 보고 있으니 왜 네르키스가 변종 드래곤이라는 소리를 듣는지 이해가 되었다.

다른 종족에게 우호적인 모습을 보이는 것은 네르키스가 유일했다.

드래곤이 합류한 후의 전투는 이전과 비교를 할 수 없을 정도로 편해졌다.

드래니스가 포함된 마수들이라고 해도 어렵지 않게 승리

할 수 있었다.

　그렇게 또 6일을 견뎌내었다. 짧은 하루 동안의 휴식이 찾아오자 부대원들과 다른 종족들은 안도의 한숨을 내쉬었다.

제7장
파오르 등장

드래곤이 합류하자 전력이 상승하며 마정석 수류탄의 소모가 줄어들었다.

그동안에도 드워프들과 조나단은 놀고 있지 않았다.

"이게 새로 만든 마수 전투용 슈트라는 거죠? 딱히 달라 보이는 것은 없어 보이는데요?"

"아니, 무슨 말을 하는 거냐. 이것은 우리 드워프들이 혼신의 힘을 다해 만든 역작이다."

조나단과 드워프들은 죽이 척척 맞았다.

드워프 마을에서 얼마간 산 경험이 있는 조나단이긴 했지만 여전히 그들 간의 의사소통은 불가능했다. 하지만 눈빛만 보고도 서로의 마음을 읽을 수 있는 사람들이 있다고 했던가? 그들이 그랬다.

"그냥 이렇게 보여주시면 제가 어떻게 알아요? 자세히 설명을 해줘야죠. 마수와의 전투를 위해서는 일반 슈트로 불가능하다는 것을 족장님도 잘 알고 계시잖아요."

"마수와의 전투에서 슈트를 사용하기 위해서 가장 중요한 것이 뭐라고 생각하느냐?"

"별거 있나요? 마수의 이빨과 발톱을 견딜 수 있는 강도가 제일 중요하겠죠."

"이런 하나만 알고 둘은 모르는 바보 같으니. 이전의 슈트만 하더라도 어느 정도는 마수의 공격을 방어할 수 있다. 하지만 왜 전투에 직접 참여하지 못했느냐? 바로 상태 이상에 빠진 마수에게서 나오는 극독 때문이지 않느냐."

"그러면 이 슈트는 마수의 독이 침투하지 못할 정도의 능력을 가지고 있나요?"

"마수의 독이 침범하지 못하는 것뿐만 아니라 독의 부식을 견딜 수 있을 정도의 강도를 가지고 있다. 이 슈트를 착용하고 있으면 마수와의 전투가 가능하다는 말이지."

마수들과의 전투에서 부대원들은 단순히 수류탄을 투척하는 일만 하고 있었다.

몇 번이나 마수와의 전투를 참여하고 싶다고 어필하는 부대원들이었지만 나는 그들의 의견을 받아줄 수가 없었다.

이건 너무도 위험한 전투였다. 일반 몬스터와의 전투였다면 그들의 의견을 받아주었겠지만 마수는 달랐다. 그들의 발톱과 이빨에 스며 있는 독에 조금이라도 닿으면 그대로 끝이었다.

하지만 드워프들과 조나단이 그 독을 방어할 수 있는 슈트를 만들었다.

이미 드래곤들까지 합류한 상황에서 부대원들까지 전투에 직접 참여할 수 있게 된다는 것은 전력이 엄청나게 상승한다는 뜻이다.

"하지만 모든 슈트에 적용하기에는 시간이 부족하다. 최소 일주일은 걸려야 모든 슈트를 신형으로 만들 수 있다."

"그렇게 해주세요. 교대로 휴식을 취하는 부대원들이니 그들의 스케줄에 맞춰서 슈트를 업그레이드시키면 되겠네요. 그리고 아직은 부대원들이 직접 전투에 참여할 정도로 급박한 상황이 오지는 않았으니 조금 여유 있게 하셔도 될 것 같네요."

소문만 무성한 최상위 마수 파오르의 모습이 보이지 않고 있었다. 소수의 드래니스가 강하기는 했지만 그렇다고 해서 부대원들의 직접적인 도움까지 필요하지는 않았다.

하루 동안의 휴식기 동안 나는 드래곤들과 교류하기 위해 그들의 주변을 알짱거려 보았지만 그들은 나와 대화를 나누고 싶어 하지 않았다.

'아쉬운 사람이 내가 아닌데 말이야. 저렇게 뻣뻣하게 나

와서는 도와주고 싶은 마음이 사라지겠어.'

내 생각과 같은 생각을 하고 있던 사장이 드래곤들에게 들으라는 듯 큰 목소리를 내었다.

"용택아, 우리가 여기서 뭐하는지 모르겠어. 우리가 도와주겠다고 빌면서 여기 있는 건 좀 아니잖아? 뭐가 그렇게 잘났는지 사람을 투명 인간 취급한단 말이야. 이거 드래곤 아니면 서러워서 살겠나."

사장의 목소리에 드래곤들의 이마에 핏줄이 솟아오르는 것 같았다.

하지만 드래곤들이 사장에게 직접적으로 분노를 표출할 수는 없었다.

그들도 지금의 상황을 알고 있고 나와 부대원들의 도움이 필요하다는 것도 알고 있다.

사장도 그런 지금의 상황을 잘 알고 있기에 대담하게 드래곤들을 향해 저런 말을 할 수 있는 것이다.

"그냥 그러려니 하세요. 드래곤이 괜히 드래곤이겠습니까. 쟤들이 언제 누구에게 감사하다고 해본 적이 있겠어요?"

나도 사장을 따라 큰 목소리로 드래곤들의 성질을 긁었다.

이런 일을 한다고 해서 드래곤의 성격이 바뀔 리는 없겠지만 이렇게라도 해서 스트레스를 풀고 싶었다.

드래곤의 성질을 긁으며 하루가 지나갔고, 우리는 다시 마수들의 울부짖음을 들어야 했다.

"오늘은 드래니스가 몇 마리나 올까요? 저번에 다섯 마리의 드래니스가 찾아왔을 때는 지진이라도 난 줄 알았다고요."

"그러니까. 드래곤들이 합류해서 어려움 없이 처리하기는 했지만 점점 상위 마수가 모습을 드러내는 빈도가 높아지니 이거 이번 주에는 드래니스가 한 다스는 오는 게 아닌지 모르겠다."

스르륵— 쿵!

드래니스가 움직이면서 내는 특유의 소리가 들려왔다.

몸을 끌며 이동하는 드래니스였다. 그들은 땅에 미끄러지듯이 움직이다가 발을 땅에 찍어 속도를 높이곤 했다. 그럴 때마다 지진이 난 것처럼 땅이 울렸다.

네르키스를 쳐다봤다. 마법을 이용해 정찰하는 네르키스의 탐지 능력은 나보다 더 뛰어났다.

"칼리스와 드래니스, 그리고 오피서의 모습이 보인다."

"이번에도 파오르인가 뭔가는 모습을 드러내지 않네요. 되게 비싼 척하네요."

이제 파오르의 피만 흡수하면 모든 마수의 힘을 흡수하게 된다.

드래곤과 부대원들은 파오르가 오지 않기를 바라겠지만 나는 달랐다.

파오르의 피를 흡수하게 된다면 어떤 능력이 생길지 하루라도 빨리 알고 싶었다.

칼리스를 흡수하고 생긴 능력을 리치가 알려주었다.

생각보다 뛰어난 능력은 아니었다. 동체 시력 상승과 반응 속도 상승.

물론 칼리스를 사냥하기에는 좋은 능력이기는 하지만 한 번에 강한 능력치 상승을 원하는 나에게는 부족한 능력이었다.

드래니스의 힘을 흡수하면서 생긴 능력에 대해서는 아직 리치가 실험 중이고 이번 주 안에 결과를 주기로 했다.

마수의 피를 흡수하며 힘을 키울 때마다 드는 생각은 열한 명의 제자의 능력을 잃은 것이 아쉽다는 것이다. 마수의 피를 흡수하며 새로운 능력이 생기기는 했지만 그래도 열한 명의 제자가 가지고 있던 힘이 더욱 실용성이 있었다.

특히 생명의 구슬과 죽음의 기운은 마수들을 상대할 때에도 효과적일 것 같았다.

'이미 잃어버린 힘을 생각해 봐야 달라지는 것은 없지. 그냥 지금에 집중하자.'

"집중해라. 마수들이 전투 지역으로 다가왔다."

전투 지역이라고 하면 던전에서 2㎞ 정도 떨어진 위치를 말한다.

부대원들이 안전지대에서 마정석 수류탄을 투척할 수 있는 최대의 거리였다.

마정석 수류탄이 상위 마수들에게 효과가 없다고는 하지만 일반 마수를 사냥하기에는 마정석 수류탄만큼 빠르고 쉬운 방법이 없었다.

드래곤 하트에서 끊임없이 마나를 공급받는 드래곤의 마법도 마정석 수류탄의 파괴력을 압도하지는 못했다. 그리고 드래곤도 힘을 아끼는 중이었다.

마나가 빠른 속도로 재생되기는 했지만 언제 파오르가 나올지 모르기에 최소한의 마나로 마수들을 상대하고 있었다.

"땅이 울리는 정도로 보아 최소 드래니스가 다섯 마리 이상은 되어 보이네요."

"열 마리는 넘어 보인다. 칼리스의 숫자도 오십이 넘는다."

"오늘은 몸을 거하게 풀게 생겼네요."

마수들이 전투 지역으로 다가오자 네르키스를 포함한 여섯 마리의 드래곤이 날아들었고, 그들의 뒤를 쫓아 나와 드래고니안이 날아갔다.

열 마리가 넘는 드래니스라고 해도 오피서만 먼저 처리하면 충분히 상대가 가능했다.

오피서는 방어력이 약하기에 어렵지 않게 봉인시킬 수 있었지만 오피서가 다른 마수들에게 주는 버프는 골치 아픈 능력이었다.

드래니스의 분비물이 치명적이라고 해도 먼저 상대해야

하는 것은 오피서였다.

애완용 고양이처럼 보이는 오피서이지만 먼저 처리하지 않으면 드래니스는 물론이고 마수조차 상대하기 까다로웠다.

오피서들은 영악하게도 드래니스의 뒤에서 모습을 감추고 있고 그들의 주위를 마수들이 감싸고 있었다.

드래곤들은 광역 마법을 시전하여 오피서가 있는 곳에 퍼부었다.

하지만 광역 마법은 그렇게 효과적이지 않았다.

오피서의 버프를 받은 마수들의 방어력은 광역 마법에 피해를 입지 않을 정도로 단단했다.

멍청한 드래곤 놈들.

벌써 몇 번을 상대하고도 저 지랄부터 하네.

광역 마법이 통하지 않는 것을 확인했다. 서당 개도 3년이면 풍월을 읊는다는데 드래곤들은 개만도 못한 눈치를 가진 듯했다.

드래곤들의 광역 마법이 마수들을 상태 이상으로 만들지는 못했지만 그래도 효과적인 부분은 있었다.

마수들의 시선이 드래곤들에게 향하는 것이다.

상대적으로 시선을 덜 받고 있는 나는 안전하게 마수의 틈바구니에서 보호를 받고 있는 한 마리의 오피서에게 쉽게 다가갈 수 있었다.

그리고 칼리스의 보호를 받고 있지 않은 오피서를 향해 걸어갔다.

마수들은 여전히 드래곤의 광역 마법에 신경이 팔려 있었기에 나는 그들이 나를 적으로 판단하기도 전에 오피서를 잡을 수 있었다.

나는 오피서가 손아귀에 잡히자마자 목을 비틀어 상태 이상으로 만들고 바로 봉인 상자 안에 집어넣었다.

한 마리의 오피서가 사라졌을 뿐이지만 버프의 강도가 약해진 것이 느껴졌다.

오피서들이 많이 모여 있으면 있을수록 버프는 상승효과를 보였다.

하늘로 날아 올라가 한 마리의 오피서를 잡았다는 뜻으로 봉인 상자를 흔들며 드래곤들을 약 올렸다.

그들은 그제야 광역 마법 시전을 그만두고 마수들을 향해 직접 날아들어 갔다.

드래니스는 계속해서 드래곤들을 향해 분비물을 뿌려대었고, 사방은 순식간에 녹색의 부식성 독에 오염되었다.

처음 드래니스를 보았을 때는 어떻게 상대할지 감도 잡히지 않았지만 지금은 익숙했다.

그들에게도 약점은 존재했다. 분비물을 발사하면서 열리는 구멍이 그들의 약점이었다.

다른 피부는 드래곤의 비늘만큼이나 단단한 강도를 가지

고 있었지만 구멍 안은 상대적으로 연약했다.

하지만 오피서가 있는 상황에서는 구멍 안을 찢을 마땅한 방법이 없었다.

드래곤들이 드래니스의 시선을 끄는 동안 나는 다섯 마리의 오피서를 봉인할 수 있었다.

이제야 드래곤들의 마법이 마수들에게 통하기 시작했다.

칼리스는 아직 전투에 참여하고 있지 않았다.

또한 그놈들은 영악해서 전투가 불리하다고 생각되면 도망을 갔다.

그들이 모여 한 번에 쳐들어오는 것은 사양이다.

나는 칼리스들의 뒤를 잡았다.

드래니스보다 한참이나 뒤에 있는 칼리스들은 공격을 할지 도망을 갈지 고민하고 있는 녀석들이었다.

"어딜 도망을 가려고, 쾡이 새끼들아! 너희 동료들은 열심히 전투를 치르고 있는데 너희만 놀고 있으면 눈치도 안 보이냐?"

내가 칼리스들을 부르자 그들이 나를 발견했다.

내가 혼자여서 만만하게 느껴졌는지 칼리스들이 몸을 떨기 시작했다.

드래곤처럼 덩치도 크지 않아 보이는 나였기에 칼리스들이 나를 만만하게 보는 것을 이해할 수는 있었다. 하지만 그 대가가 크다는 것을 알려주지는 않았다.

알려준다고 해서 알아먹을 놈들도 아니지만.

모기처럼 윙윙거리며 나에게 돌진해 오는 칼리스들을 손으로 잡아챘다.

상승한 반응 속도와 동체 시력 덕분에 가능한 일이다.

속도와 공격력은 뛰어난 칼리스렸지만 방어력은 일반 마수보다 약간 높은 편이다. 마룡의 불꽃의 맛좋은 먹잇감이었다.

50마리가 넘어 보이는 칼리스가 순식간에 마룡의 불꽃에 잠식되어 수가 절반으로 줄어들었다.

이제야 칼리스들은 내가 만만한 상대가 아니라는 것을 깨달았는지 몸을 빼려고 했다.

동체 시력과 반응 속도가 빨라지기는 했지만 도망가는 칼리스들을 잡을 수 있을 정도는 아니었다.

이대로 도망가게 둘 수는 없지.

도망가려는 모든 칼리스를 잡을 수는 없지만 그래도 최대한 수를 줄이고 싶었다.

바람의 기운으로 등을 떠밀어 빠르게 칼리스를 향해 날아가 근처에 있는 몇 마리를 마룡의 불꽃으로 태워 버릴 수 있었다.

뒤도 돌아보지 않고 도망가는 칼리스들이다.

작은 점으로 변해가고 있는 그들이다.

"어, 갑자기 왜 멈췄지?"

작은 점으로 변한 칼리스가 다시 나를 향해 빠르게 달려오고 있었다.

내가 다시 만만하게 느껴졌을 리는 없었다.

무슨 자신감으로 나에게 다가오는지 궁금했다.

"피해라! 파오르다!"

한창 드래니스와 전투를 하고 있던 네르키스가 나를 향해 소리쳤다.

파오르? 드디어 최상위 마수라는 놈을 보게 되는 건가?

칼리스들은 신이 나서 몸을 이리저리 움직이고 있고, 그들의 중심에서 한 명의 사내가 천천히 걸어 들어오고 있었다.

고양이상의 그는 사람과 다르지 않아 보였다.

묘인족이라고 불러도 될 정도의 분위기를 풍기고 있는 파오르였다.

그런 파오르의 몸이 점점 작아지고 있었다.

칼리스보다 약간 큰 모습으로 변한 파오르는 몸을 진동시키고 있었다.

빛살로 변하고 있는 것이다.

동체 시력이 상승하면서부터 칼리스의 모습이 빛살로 보이지 않았다.

하지만 파오르는 달랐다. 그의 형체를 알아볼 수가 없었다.

단지 하나의 선으로 보였다.

*　　　*　　　*

파오르가 칼리스와 흡사한 모습을 하고 다가왔다.

말로만 들은 1단계 변신 상태라는 게 지금의 모습이다.

칼리스와는 비교하지 못할 정도로 빠른 움직임.

눈으로 파오르를 좇는 것은 불가능했다.

엄청난 속도로 거리를 좁혀오는 파오르를 잔상으로만 확인할 수 있었다.

콰—앙!

나는 파오르가 거리를 좁혀오는 순간부터 와이번의 비늘과 쇠의 기운을 이용해 몸을 방어했지만 파오르의 공격력은 내 예상 범주를 넘어섰다.

단 한 번의 공격이었지만 뱃가죽은 다 찢어져 피가 흘러나오고 와이번의 비늘은 형체를 알아보지 못할 정도로 뭉개지며 떨어져 나갔다.

생명의 기운이 없는 상태이기에 치료의 물방울을 만들어 배를 치료하자 상처는 빠르게 아물어갔다.

내게 치료할 시간을 주는 건가?

파오르가 재차 공격해 들어오지 않고 가만히 나를 바라만 보고 있다.

'간을 보는 거라 이거지?'

파오르는 내가 무슨 맛이 나는지 알고 싶은 거였다.

주위를 둘러보니 다른 드래곤의 도움을 청할 수도 없는 상태이다.

아직 드래니스를 봉인시키지 못한 드래곤들은 파오르를 곁눈질로 바라보며 드래니스를 공격하고 있었다.

'드래니스를 봉인시키는 데 뭐 저리 오래 걸려? 나보고 이 괴물 같은 놈을 혼자 맡으라는 거야?'

한 번의 공격이었지만 파오르의 능력은 대충 파악했다.

칼리스로 변한 파오르의 공격은 강하기는 하지만 치명상을 줄 정도는 아니었다.

다른 드래곤들이 합류할 때까지 시간을 끌어야 했다.

파오르가 나에게 흥미를 느끼도록 연기를 해야 하는 것이다.

배에서 더는 피가 흐르지 않자 파오르가 다시 몸을 떨기 시작했다.

와이번의 비늘도 떨어져 나간 배에 파오르의 공격이 다시 들어온다면 이번에는 내장까지 상처를 입을지도 몰랐다.

두 팔로 최대한 배를 보호하며 공격을 맞을 준비를 했다.

콰—앙!

"젠장! 이번엔 등을 공격하다니."

척추가 끊어질 것 같은 충격이 등을 타고 흘러들어 왔다.

그런 나를 바라보는 파오르의 표정은 마치 '뻔한 곳을 공격하겠어?'라고 말하는 듯했다.

"그래, 내가 멍청했어. 그래도 상도의가 있지, 방어하는 사람 입장을 생각해서라도 등을 공격하면 안 되지."

피식.

파오르가 비웃었다. 분명 나를 보고 입꼬리를 살짝 들어 올린 파오르였다.

영악한 놈이다. 칼리스도 지능이 뛰어나 공격할 시점을 정확히 알았지만 파오르는 칼리스보다 더했다.

손이 제대로 닿지 않는 등에 겨우 치료의 물방울을 발라 재생 속도를 높였다.

파오르는 이번에도 내가 치료되기까지 기다리고 있었다.

흥미롭다는 듯이 바라보고 있는 파오르는 좋은 장난감을 만난 것처럼 즐거워하고 있었다.

그래, 즐거워해라. 이렇게 나와 시간을 보내는 동안 드래곤들이 드래니스를 처리하고 도와주러 올 것이다.

파오르는 내가 다시 허리를 꼿꼿이 펴자 또 몸을 떨기 시작했다.

중형 견만 한 덩치를 부르르 떠는 모습이 징그러웠다.

칼리스는 고양이처럼 작은 덩치라 귀엽기라도 했지 파오르에게선 귀여움을 찾아볼 수가 없었다.

파오르와 눈을 똑바로 맞추면서 기감을 끌어 올려 주위 상황을 살폈다.

드래곤들의 합공에 드래니스가 하나둘 봉인되어 가고 있

었다.

파오르는 그런 상황에는 신경도 쓰지 않고 나를 어떻게 가지고 놀지 생각하고 있는 것처럼 보였다.

이번에는 등과 배를 신경 쓰며 방어하는 척을 했다.

파오르는 내 모습을 보고 다시 씨익 웃었다.

이번에는 어떻게 내 예상을 깨고 공격할지 정한 것 같았다.

이렇게 파오르가 재미를 느껴야 시간을 끌 수가 있었다.

나는 장난감의 본분을 완전히 살려가며 움직였다.

어떻게 하면 파오르가 더 재미를 느낄지를 생각하며 행동했다.

동생들과 어린 뱀파이어들을 보살피며 배운 경험을 살렸다.

호기심을 극대화하고 많은 생각을 하지 않아도 재미를 느낄 수 있게.

콰앙!

나는 열 번의 공격을 버텼다.

이제 슬슬 파오르도 흥미를 잃어가고 있었다.

여전히 드래니스를 완전히 봉인하지 못하고 있는 둔한 드래곤들이다.

파오르를 혼자 상대하고 있는 내 상황은 신경도 쓰지 않는지 힘을 아끼며 전투하고 있는 그들이다.

드래곤들은 파오르를 상대하기 위해 힘을 아끼고 있는 건지 몰라도 파오르의 공격을 견디고 있는 나는 고역이었다.

왜 내가 이런 역할을 해야 하는지.

다시 파오르의 관심을 끌기 위해 몸을 공처럼 말아 완전한 방어 자세를 취했다.

하지만 파오르는 지루하다는 표정을 짓고 있다.

놀아주는 사람을 생각해서라도 그런 표정을 지으면 안 되지.

그래, 공격하는 것만으로는 재미를 느낄 수 없다면 이제는 내가 공격해 들어가 주마.

나는 3중 코팅을 한 바람의 칼날을 파오르를 향해 순차적으로 날렸다.

파오르는 마치 슈팅 게임을 하는 듯이 바람의 칼날을 피했고 더 해보라는 듯 헉헉거렸다.

이런 강아지 같은 놈.

바람의 칼날이 얼마나 파오르의 관심을 끌지는 몰랐다.

수십 개의 바람의 칼날을 피해낸 파오르는 슬슬 또 지루해했다.

그렇다면 다른 기운을 사용해 주마.

땅에서 거대한 손이 솟구쳐 올라 파오르를 잡으려는 시늉을 했다.

내가 가진 기운만으로 파오르를 잡는 것은 불가능했지만 최대한 잡는 척했다.

땅에서 솟구쳐 오른 거대한 손과 사방에서 날아드는 바람의 칼날, 그리고 주위를 불바다로 만들 정도의 불의 벽.

내가 할 수 있는 공격이란 공격은 모조리 파오르에게 퍼부었다.

이런 공격이 파오르에게 타격을 입힐 거라고는 생각되지 않았다.

너무도 여유롭게 나의 공격을 피해내는 파오르.

물론 그를 잡을 생각으로 한 공격은 아니었지만 저렇게 여유로운 표정으로 내 공격을 피하는 파오르를 보고 있자니 속에서 열불이 났다.

"이 잡종 강아지 새끼가 사람을 가지고 놀아?"

나도 모르게 본심이 튀어나왔다. 내가 자신에게 욕을 했다는 것을 느낀 파오르의 표정이 바뀌었다.

주인을 물려고 하는 광견병 걸린 개의 표정이다.

"야, 미안해. 다시 놀아보자. 그렇게 갑자기 무서운 표정을 하면 내가 당황하잖아."

파오르는 내 사과를 받아줄 생각을 하지 않고 무섭게 몸을 진동시키며 공격해 들어오기 시작했다. 한 번의 공격에 피부가 찢어지고 피가 흘러내렸다.

이전까지는 내가 치료할 시간을 주던 파오르였지만 이번엔 달랐다.

내가 치료할 틈 따위는 주지 않고 등을 한 번, 다리를 한 번

연달아 공격해 들어왔다.

그의 공격을 방어하기 위해 몸을 보호하는 것은 물론이고 주변에 장벽을 만들어 파오르의 공격 경로를 막았지만 파오르는 어렵지 않게 장애물을 부수며 나를 공격해 왔다.

이제는 슬슬 한계가 찾아왔다.

아직 치명상을 입지는 않았지만 온몸에서 피가 철철 흐르고 있다.

마수와의 전쟁에서 이 정도로 상처를 입은 건 처음이다.

오랜만에 느껴보는 고통에 약간의 두려움이 생겨나기 시작했다.

"수고했다. 이제는 우리가 상대하겠다. 뒤로 빠져 몸을 치료해라."

드디어 드래곤들이 드래니스를 봉인시키고 파오르를 상대하기 위해 움직였다.

굼뜬 드래곤 놈들. 사람을 이렇게 고생시키다니.

네르키스와 다른 드래곤들에게 파오르를 맡기고 후퇴했다.

치료의 물방울을 계속해서 만들어내며 몸을 치료했다.

파오르는 갑자기 자신의 장난감이 사라지자 분노한 기색을 숨기지 않았다.

드래곤이라는 새로운 장난감이 왔으니 나는 잊어달라고.

장난감치고는 위험한 드래곤들이지만.

치료의 물방울이 재생력을 올려주자 파오르에게 당한 상처가 빠르게 아물어갔다.

그러는 동안 파오르와 드래곤들 간의 전투는 치열한 양상을 띠고 있었다.

드래곤들은 빠르게 움직이는 파오르를 잡는 데에 거대한 본체는 방해만 된다는 것을 깨달았는지 몸을 작게 만들어 파오르를 상대하고 있었다.

인간과 엘프, 그리고 드워프까지 가지각색의 모습으로 변한 드래곤들과 파오르와의 전투는 볼거리가 많았다. 팝콘을 먹으면서 구경하면 좋겠지만 구할 수 없다는 것이 아쉬웠다.

시간을 끄느라 고생했으니 구경 정도는 해도 되잖아.

보통 드래곤의 마법은 마법진이나 주문이 필요하지 않았다.

용언 마법이라고 하는 것이 그것을 가능하게 했다.

하지만 네르키스가 마법진을 그리고 있었다.

마법진을 그리는 네르키스를 보호하며 파오르의 움직임을 막고 있는 다른 드래곤들이다.

저 마법진이 어떤 역할을 할지 기대가 되었다.

마법 배리어로 파오르의 공세를 막아내고 있는 드래곤들이지만 힘겨워 보였다.

몇 중으로 만든 배리어를 부수는 데 오랜 시간이 걸리지 않왔다.

배리어를 만들어내는 속도보다 파오르가 배리어를 부수는 속도가 훨씬 더 빨랐다.

배리어가 부서지는 순간 드래곤들이 몸으로 파오르의 공격을 막아내고 있었다.

"모두 물러나라!"

네르키스가 외치자 다른 드래곤들이 기다렸다는 듯 몸을 뒤로 뺐다. 파오르는 갑작스러운 드래곤들의 움직임에 눈을 동그랗게 만들고 그들을 바라보았다.

마법진이 빛을 냈다.

다섯 가지 색이 번갈아가며 빛을 발하며 파오르를 향해 쏟아져 내려갔다.

파오르는 그 빛이 위험하다는 것을 직감했는지 몸을 떨어 빛살로 변했다.

하지만 빛은 파오르의 움직임과 비슷한 속도로 뒤쫓아 파오르를 붙잡는 데 성공했다.

마법진까지 그려가며 시전한 마법은 속박 마법의 일종처럼 보였다.

다섯 가지 색의 빛이 파오르의 몸을 칭칭 감고 있다.

파오르는 몸을 빠르게 진동시키며 빛의 밧줄을 떨쳐 내려 했지만 끈끈이처럼 파오르의 몸을 더 강하게 조여가고 있었다.

이렇게 끝나는 건가? 어려운 전투이긴 했지만 최상위 마수인 파오르를 상대하는 것치고는 조금은 싱거운 결말이었다.

파오르는 몸을 떨어대는 것을 포기하고 가만히 밧줄에 몸을 맡기고 있다.

드래곤들은 자신이 할 수 있는 최고의 마법을 파오르에게 쏟아부었다.

마법이 만들어내는 후끈한 열기에 공기가 타들어가고 있다.

공격에 적중당한 파오르를 중심으로 엄청난 흙 폭풍이 불어왔다.

거기에 만족하지 않고 드래곤들은 본체로 현신해 브레스를 뿜어대었다.

저런 공격을 당하고 살아 있을 존재가 있을까?

있었다.

브레스가 지나간 곳에 거대한 웅덩이가 생겨났고, 그곳에 거대한 몸체로 변한 파오르가 있었다. 드래니스보다 더 거대한 덩치의 파오르는 드래곤보다도 더 커 보였다.

저게 2단계 변신이라는 거구나.

괜히 최상위 마수가 아니었다.

드래곤들은 거대한 몸체의 파오르를 향해 다시 브레스를 뿜어대었다.

브레스가 파오르에게 큰 충격을 줄 거라고는 생각되지 않았다.

드래니스만 해도 드래곤의 브레스를 충분히 견뎠다.

내 예상대로 아무런 충격도 입지 않은 파오르가 드래곤들을 비웃고 있다.

지금까지는 드래곤들이 마수들을 봉인시키기 위해 절반이나 목숨을 잃었다는 사실을 믿지 못했다.

하지만 파오르를 보는 순간 이해가 갔다.

저런 괴물이 한 마리가 아니라 여러 마리라면 충분히 가능한 일이었다.

드래곤들을 향해 녹색의 분비물을 쏟아내는 파오르.

드래니스의 부식성 독보다 더 강한 부식성을 가지고 있는 분비물은 드래곤의 비늘마저 녹이고 있었다.

거대한 몸을 가지고 있는 드래곤이기에 파오르가 쏟아내는 분비물을 피하지 못하고 있었다. 마법으로 만든 배리어로 분비물을 막아내거나 바람 마법을 사용해 분비물을 다른 방향으로 보내려고 하는 그들이었지만 분비물이 쏟아지는 속도가 상당해 배리어는 물론이고 바람 마법마저 무효화시키고 있었다.

드래곤만으로는 파오르를 이길 수 있을 것 같지 않았다.

어쩔 수 없이 내가 움직여야 했다.

파오르에게 당한 상처는 이미 치료가 된 상태이긴 하지만 드래곤에게 전투를 맡기고 쉬고 싶은 마음이 강했다.

하지만 드래곤들이 죽기라도 하면 큰일이었다.

아직도 전투는 많이 남아 있고 최소한의 피해로 전투를 마무리 지어야 했다.

"키이이익!"

파오르가 유리 긁는 소리를 내지르자 마수들이 흥분하기 시작했다.

전장에서 조금 떨어져 있던 마수들이 그 소리에 움직이기 시작했다.

그들의 목표는 우리가 아니었다.

던전 주변에서 마정석 수류탄을 투척할 준비를 하고 있는 부대원들이 목표였다.

마수들은 빠르게 발을 놀려 던전 쪽으로 이동했다.

마수들이 움직이기 시작하자 부대원들은 수류탄을 투척하기 시작했고, 폭발음이 전장을 울렸다.

진정한 의미의 전쟁이 시작되었다.

마정석 수류탄과 소수이지만 신형 슈트를 착용하고 있는 부대원들이기에 어느 정도는 마수들의 공격을 견딜 수 있겠지만 피해가 생길 수밖에 없다.

최대한 빨리 파오르를 잡고 그들을 도와야 했다.

거대한 몸체와는 어울리지 않게 입술을 비틀며 드래곤들을 비웃는 파오르.

저 웃음을 빨리 지워주고 싶었다.

웃음 대신 고통에 찬 비명을 지르게 해주고야 말겠다고 다짐했다.

제8장
파오르

 거대한 몸체로 변한 파오르는 여전히 드래곤들과 접전을
벌이고 있었다.

 드래곤의 브레스를 아무런 방어 동작도 취하지 않고 몸으
로 받아들이는 파오르였고, 드래곤들은 힘을 합쳐 더 강한 브
레스를 파오르에게 쏟아붓고 있었다.

 이런 상황이면 내가 끼어들기에 안성맞춤이었다.

 드래곤들에게 시선이 팔린 파오르에게 접근하기 위해 살
며시 몸을 일으켰다.

 파오르는 계속해서 분비물을 쏘아내며 드래곤들의 접근을
막고 있고, 드래곤의 비늘은 파오르의 부식 독에 의해 타들어가고 있다.

조금만 더 시선을 끌어줬으면 좋겠는데.

나는 땅속으로 이동하며 파오르와의 거리를 좁혔다. 그리고 땅의 기운을 이용해 땅속을 빠르게 이동했다.

파오르의 거대한 몸집에서 나오는 열기가 땅속까지 느껴졌다.

나는 파오르의 바로 밑에까지 접근하는 데 성공했다.

파오르는 드래니스와 마찬가지로 분비물을 쏘아낼 때면 몸에 있는 구멍이 열렸다.

그 구멍을 통해 파오르의 몸속으로 들어갈 계획이다.

처음 드래니스를 사냥할 당시의 방법을 사용한다면 충분히 파오르를 상태 이상으로 만들 수 있을 것 같았다.

치지직!

파오르가 다시 한 번 분비물을 쏘아내자 구멍에서 부식 독이 흘러나왔다.

드래곤들을 향해 부식 독을 쏘아내는 정면의 구멍에서는 강한 부식 독이 빠르게 쏘아졌지만 몸 밑에 있는 구멍에서는 약간의 분비물이 흘러나오는 정도였다.

파오르의 부식 독은 드래곤의 비늘을 녹일 정도이다.

내가 그 부식 독을 감당할 수 있을지는 장담할 수 없었지만 땅의 기운과 드래니스의 피를 흡수하며 생긴 독에 대한 내성을 믿을 수밖에 없었다.

다음번 구멍이 열릴 때가 파오르의 몸속으로 들어갈 기회였다.

가만히 땅속에서 파오르의 구멍이 열리기를 기다렸다.

보통 5분 주기로 부식 독을 쏘아내는 파오르였다.

나는 5분을 기다렸다.

하지만 파오르의 구멍이 열릴 생각을 하지 않고 있다.

무슨 일이지?

기감을 끌어 올려 주변 상황을 파악해 봤지만 도무지 무슨 상황인지 짐작할 수가 없었다.

조심스레 땅에서 머리를 빼내어 주위를 둘러보았다.

거대한 파오르의 몸집에 가려 전장의 상황을 볼 수가 없었다.

조금 더 몸을 밖으로 빼내었다.

불쑥.

파오르가 나를 쳐다보고 있다.

언제부터 나에게 관심을 가지고 있었는지 모르겠지만 나를 뚫어져라 바라보고 있다.

거대한 몸을 반으로 접어 나에게 얼굴을 들이미는 파오르였다.

그의 얼굴에는 장난기가 가득했다.

잃어버린 장난감을 찾은 아이의 얼굴이다.

"그래, 장난감이 돌아왔다. 이번에도 재밌게 놀아봐야지?"

파오르를 바라보며 씨익 웃어주었다.

이미 걸린 상황에 발뺌해 봐야 아무런 소용도 없었다.

이제는 전면전이었다.

내가 파오르의 주변에 있다는 것을 뻔히 알고 있음에도 드래곤들은 다시금 브레스를 쏘아낼 준비를 하고 있었다.

내가 어떻게 되든 신경 쓰지 않겠다는 건가.

내가 브레스를 피해 땅속으로 숨어들자 파오르는 구멍을 열어 부식 독을 쏘아대며 드래곤의 움직임을 봉쇄했다.

파오르가 부식 독을 쏘아내는 사이 몸속으로 통하는 구멍이 열렸다.

기다리던 기회였다.

나는 드래곤의 브레스를 피해 몸을 일으켜 세워 파오르의 몸 깊숙이 있는 구멍으로 들어가려고 했다.

땅의 기운이 내 발을 밀어주고 바람의 기운이 속도를 더해 주었다.

퍽!

파오르의 구멍이 빠르게 닫히며 내가 자신의 몸으로 들어가는 것을 막았다.

파오르는 내가 이런 방법으로 공격해 올 것을 예상한 것 같았다.

파오르의 거대한 몸이 잠시 들렸다.

그러자 파오르가 몸에 비해 작은 다리로 비대한 몸을 지탱

하며 그대로 나를 향해 뛰어올랐다.

몇 톤이나 나갈지 가늠도 되지 않는 파오르의 몸이 그대로 나를 향해 날아오는 것을 본 나는 급히 땅속으로 피해 들어갔다.

쿠—웅!

땅속으로 몸을 피신했지만 파오르의 비대한 몸이 만들어내는 충격이 고스란히 전해졌다.

땅으로 숨었기에 망정이지 만약 저 공격을 그대로 받았으면 형체도 알아보지 못할 정도로 으스러졌을 것이다.

'아니, 드래곤이라고 그렇게 뻣뻣하게 굴더니 파오르 한 마리도 제대로 사냥하지 못하고 이게 뭐하는 짓이야.'

땅속에서 파오르의 공격을 피해내고 있자니 괜히 드래곤들이 원망스러웠다.

세상의 수호자라고 불리는 존재들이 마수 한 마리에게 쩔쩔매고 있다.

결국 나는 파오르의 몸속으로 들어가려는 계획을 전면 수정했다.

몸속으로 들어갈 방법도 마땅치 않고 들어간다고 해도 파오르에게 치명상을 입힐지도 미지수였다.

괜히 파오르의 몸속으로 들어갔다가 드래곤의 비늘도 녹이는 부식 독에 몸이 녹을 수도 있을 것 같았다.

그렇다고 해서 이대로 땅속에서 시간을 보낼 수만은 없었다.

마룡의 불꽃을 믿어보는 수밖에 없었다.

약간의 생체기만 만들어낸다면 기회가 생긴다.

생채기에서 흘러나오는 피를 흡수할 수만 있다면 상황은 역전이다.

[네르키스 님, 한 번에 강한 공격을 파오르에게 퍼부어주세요. 제가 어떻게든 해보겠습니다.]

텔레파시로 네르키스에게 내 뜻을 전했다.

이렇게 시간을 끌어봐야 상황은 나아지지 않는다.

오히려 나빠질 뿐이다.

드래곤 하트에서 무한에 가까운 마나를 공급받는 드래곤이지만 언젠가는 마나가 고갈된다.

하지만 마수는 달랐다.

자연의 기운을 이용해 살아가는 마수들이 지칠 리 없었다.

그리고 마수들에게 공격 받고 있는 부대원들을 생각하면 최대한 빨리 이 상황을 끝내야만 했다.

네르키스가 내 뜻을 다른 드래곤들에게 전달했는지 주변의 공기가 드래곤들의 입속으로 들어가기 시작했다.

강한 브레스를 뿜어낼 준비를 하고 있는 것이다.

나도 준비해야 했다. 오행의 기운을 몸에 두르고 브레스가 지나가기만을 기다렸다.

브레스가 끝이 나는 순간 파오르에게 달려들 생각이다.

아직 브레스가 쏟아지지도 않았지만 공기가 변했다.

파오르를 향해 드래곤의 브레스가 뿜어져 나왔다.

땅속에 있지만 그 열기에 몸이 타들어가는 착각이 들었다.

파오르도 이번 공격을 몸으로만 받아낼 수 없다고 생각했는지 몸을 둥글게 말아 방어 자세를 취했다.

한참이나 계속된 브레스 공격에 시간이 멈추어 버린 듯했다.

여러 번의 전투로 인해 던전 주위는 이미 폐허나 다름없는 지형으로 변해 있다.

그리고 이번 브레스 공격으로 인해 폐허에는 거대한 웅덩이가 추가될 것이다.

뜨거운 열기가 조금씩 식어가고 있다.

모든 힘을 짜낸 브레스 공격이 끝이 나고 있는 것이다.

파오르의 바로 밑에 몸을 숨기고 있었기에 파오르의 상태를 느낄 수가 있었다.

그는 브레스를 정면으로 맞고도 큰 피해를 입지 않은 것 같았다.

분노한 기색도 보이지 않았다. 오히려 이 상황을 즐기고 있는 것 같았다.

이런 파오르를 상대로 이전 마수의 전쟁에서 드래곤들이 승리했다는 것이 신기했다.

드래곤들의 공격을 아무런 피해도 없이 막아내는 파오르를 어떤 방법으로 봉인시켰을까?

드래곤에게 몇 번이나 물어봤지만 네르키스는 자세한 답

변을 피했다.

브레스가 끝이 나자 멈추어졌던 시간이 다시 흘러가기 시작했다.

웅크리고 있던 파오르가 서서히 몸을 다시 펴고 있었다.

그도 숨을 들이마시기 시작했다.

드래곤이 브레스를 뿜어내기 위한 준비 동작을 한 것처럼 파오르도 부식 독을 뿜어내기 위한 준비 동작을 하고 있는 것이었다.

주변의 공기를 사정없이 흡입한 파오르는 잠시 숨을 멈추고는 곧장 부식 독을 발산했다.

드래곤의 브레스와 다르지 않는 부식 독의 물결에 드래곤들은 몸을 피해 날아다녔다.

약간의 부식 독이 스치기만 해도 비늘이 녹아내렸다. 만약 저 부식 독의 물결에 정면으로 당한다면 드래곤이라고 할지라도 살아남기 힘들 것이다.

파오르가 힘차게 부식 독을 뿜어내고 있는 지금 나에게 기회가 생겼다.

나는 온몸에 두르고 있던 마룡의 불꽃을 파오르의 아랫구멍을 향해 쏟아부었다.

마지막 공격이라고 생각하며 가진 모든 힘을 투자한 공격이다.

잠시 나라는 존재를 잊었는지 파오르의 아랫구멍은 막히

지 않고 마룡의 불꽃을 그대로 받아들였다.

마룡의 불꽃이 춤을 췄다. 파오르의 몸을 태우기 위해 사방으로 퍼져 나간 마룡의 불꽃은 아름다운 춤사위를 선보이고 있었다.

자신의 아랫도리가 타들어가고 있는 것을 느낀 파오르는 뿜어내던 부식 독을 멈추고 급히 마룡의 불꽃을 끄기 위해 몸을 털어대었다.

저런다고 해서 마룡의 불꽃이 꺼질 리 없었다.

일반적인 불과는 차원이 다른 마룡의 불꽃이다.

아무리 발버둥 쳐도 이미 한번 마룡의 불꽃에 잠식당했으니 완전히 타기 전에는 꺼지지 않을 것이다.

마룡의 불꽃이 파오르의 외벽을 태우지는 못했지만 상대적으로 약한 몸속이라면 사정이 달랐다.

파오르의 아랫구멍은 굳게 닫혔지만 마룡의 불꽃이 그의 몸 안에서 얼마나 날뛰고 있는지 느껴졌다.

파오르가 발버둥 치기 시작했다. 고통에 장난스러운 미소는 사라지고 잔뜩 찌푸리고 있다.

드디어 파오르의 미소를 빼앗은 것이다.

그렇다고 마룡의 불꽃에만 전적으로 의지할 수는 없었다.

몸속을 태우는 마룡의 불꽃에 정신이 팔려 있는 지금 그에게 치명타를 입혀야 했다.

나와 같은 생각을 하고 있는지 드래곤들도 마지막 남은 힘을 짜내기 시작했다.

브레스를 만들 힘이 남아 있지 않은 드래곤은 마법 공격을 할 준비를 했다.

그리고 오랜 시간이 걸리지 않아 파오르를 상태 이상으로 만들기 위한 공격이 퍼부어졌다.

나는 바람의 칼날을 수십 개 만들어 파오르의 비대한 배를 공격해 들어갔고, 드래곤들의 브레스와 마법이 파오르의 몸을 향해 날아들었다.

퍼—엉, 콰지직!

마법과 바람의 칼날이 파오르의 몸을 때리자 브레스가 파오르를 샤워시켜 주고 있다.

우리의 이런 공격이 효과가 있는지 파오르의 몸에서 녹색 안개가 뿜어져 나왔다.

그 모습은 마지막 발악처럼 보였다.

저 발악을 빨리 끝내주고 싶었다. 나는 마지막 남은 기운을 모조리 끌어 올렸다.

이번 공격을 하고 나면 정말 손가락 하나 움직일 힘이 남아 있지 않을 수도 있었다.

3중으로 코팅된 바람의 칼날이 파오르의 머리가 있을 거라고 예상되는 지점으로 날아갔다.

몇 마리의 드래곤은 모든 힘을 소진했는지 하늘에서 내려오고 있다.

네르키스만이 여전히 마법 공격을 파오르에게 쏟아붓고 있었다.

우리의 공격을 받아내고 있는 파오르의 몸에서 녹색 안개가 더욱 진하게 퍼져 나왔다.

정말이지 마지막 발악으로 보였다.

저 녹색 안개가 옅어지면 상태 이상에 빠져 있는 파오르가 쓰러져 있을 것 같았다.

결국 네르키스도 힘을 다 소진했는지 땅으로 내려왔고, 나는 겨우 몸을 끌며 드래곤들이 있는 곳으로 이동할 수 있었다.

"수고 많았다. 한 마리의 파오르가 이렇게 강할 줄은 미처 예상하지 못했다."

"그러게요. 진짜 한 마리라서 다행이지 만약 두 마리 이상의 파오르가 왔다면 우리가 당했을지도 모르겠어요. 괜히 최상위 마수라고 불리는 게 아니네요."

말할 힘도 없었기에 우리는 짧게 감상평만 말하고는 눈을 돌려 안개의 중심을 바라보았다. 옅어질 생각을 하고 있지 않는 안개를 날려 보낼 힘이 남아 있는 존재는 없었기에 이렇게 기다릴 수밖에 없었다.

부대원들과 마수와의 전투는 드래고니안이 전장에 합류하면서 부대원들에게 유리한 상황으로 변해 있었다.

마수들이 부대원들에게 달려 나가는 순간부터 드래고니안들은 파오르를 뒤로하고 부대원들을 향해 달려갔다.

그들의 합류로 부대원들은 여유를 찾았고, 마정석 수류탄과 신형 슈트를 이용해 마수들을 상태 이상으로 만들고 있었다.

하지만 그들의 힘만으로는 전투가 길어질 것이다.

파오르를 봉인하는 즉시 부대원들을 도와야 했다. 약간의 시간만 주어진다면 소진한 힘을 어느 정도는 되찾을 수 있었다. 드래곤 하트를 가지고 있는 드래곤들은 나보다 더 상황이 좋았다. 그들은 몇 분 되지 않는 짧은 시간에 혈색을 되찾았다.

"이제 안개가 옅어지기 시작하네요. 참 지독한 놈입니다. 마지막 발악마저 저렇게 끈질기다니. 이곳은 이제 수풀도 자라나지 않겠어요."

"엘프들이 있으니 정화시킬 수 있을 것이다. 하지만 마수와의 전쟁이 끝이 나야 정화 작업을 할 수 있겠지."

안개가 옅어질수록 드래곤들의 표정은 거만해지기 시작했다.

본연의 모습을 찾아가고 있는 것이다.

평소에는 꼴도 보기 싫은 저 거만한 표정이었지만 지금은 그렇게 나쁘게 보이지만은 않았다.

안개의 안이 보일 정도로 안개가 옅어졌다.

파오르는 어디로 갔지?

거대한 몸집을 자랑하던 파오르가 보이지 않았다.

상태 이상에 빠지며 형체가 작아진 거라고 생각하며 그에게 다가가려고 했다.

"멈춰라! 그가 마지막 변신을 했다!"

네르키스의 목소리가 심하게 갈라져 나왔다. 긴장하고 있는 것이다.

드래곤들의 거만하던 표정도 다시 긴장한 표정으로 바뀌며 안개 안을 하염없이 바라보고 있다.

나도 눈을 다시 뜨고 안개 안을 바라봤다.

그 안에는 인간의 형체를 하고 있는 한 존재가 우리를 바라보며 웃고 있었다.

너희들의 공격에 아무런 피해도 입지 않았다는 듯이 그는 우리를 바라보며 미소를 짓고 있었다.

*   *   *

인간체의 모습으로 변한 파오르가 몸에 묻은 먼지를 털어내고 있다.

너무도 여유로워 보이는 그의 모습에 두려움이 느껴졌다.

드래곤은 물론이고 나도 그를 상대할 힘이 남아 있지 않았다.

최종 형태로 변신한 파오르가 어떤 힘을 가지고 있을지 생각도 하기 싫었다.

칼리스보다 더 빠른 속도를 내던 1단계 형태, 그리고 드래니스보다 더 강한 방어력과 부식 독을 쏟아내던 2단계 형태, 마지막으로 지금의 모습.

우리가 가만히 쳐다보고만 있자 파오르가 우리를 향해 걸어오기 시작했다.

그는 마치 왜 가만히 보고만 있느냐고 묻는 것 같았다.

그가 한 걸음 다가오면 우리는 한 걸음 뒤로 물러났다.

그에게서 두려움을 느끼는 것은 나뿐만이 아니라 드래곤도 마찬가지였다.

아니, 오히려 드래곤들이 나보다 더 두려움을 느끼고 있는 것 같았다.

세상에서 가장 강하다고 자부하는 드래곤들이 겁을 집어먹었다.

어떻게 해야 할까.

그를 잡기 위해 뛰쳐나갈까?

그건 자살 행위다.

그렇다고 가만히 쳐다보는 것은 사형 집행을 기다리는 사형수나 다름없다.

나는 드래곤들을 바라봤다. 드래곤 하트 덕분에 빠르게 힘을 되찾고 있는 그들이다.

드래곤들이 움직여야 파오르를 봉인시킬 방법을 찾을 수 있을 것이다.

하지만 그들은 움직일 생각을 하지 않고 있었다.

똑똑하다고 자부하는 그들은 머리가 굳어버린 건지 아무런 생각도 하지 않고 그냥 뒤로 물러서고만 있다.

"네르키스 님, 빨리 방법을 찾아야 합니다. 이대로 가만히 있다가는 모조리 당하고 맙니다. 이미 드래곤들이 마수와의 전쟁에서 승리한 적이 있지 않습니까. 인간 형체로 변신한 파오르의 약점이나 잡을 방법이 전해지지 않습니까?"

드래곤들은 똑똑하다. 그들은 지식을 책이나 문서로 남기지 않아도 되었다.

한번 들은 말을 잊지 않는 존재가 드래곤이다.

그렇다면 마수와의 전쟁에 대한 기록도 그들의 머릿속에 있을 것이다.

"마수와의 전쟁은 자세하게 전해 들었지만 유독 파오르에 대한 정보만이 유실되었다. 파오르에 대한 상대법이나 약점은 남아 있지 않다."

희망을 절망으로 바꾸는 네르키스의 말이다.

아니, 왜 드래곤들은 파오르에 대한 정보를 남기지 않았을까?

마수와의 전쟁에서 파오르가 차지하는 비중이 상당하다는 것을 알고 있었을 것이다.

그런데도 파오르에 대한 정보를 남기지 않았다는 것이 이상했다.

"그러면 어떻게 할 생각이십니까? 빨리 방법을 찾아주세요."

네르키스와 다른 드래곤들을 재촉했지만 그들은 여전히 두려움에 물든 얼굴로 머리를 굴리지 않고 있었다.

드래곤들을 믿고 있을 수만은 없었다.

파오르가 점점 빠르게 우리에게 다가오고 있다. 이제 거리는 30m 남짓.

도망갈 곳도 없는 상황이다.

죽이 되든 밥이 되든 싸워야 했다.

"제가 시간을 끌어보겠습니다. 빠르게 방법을 찾아주세요. 오래 버티지는 못할 것 같습니다."

네르키스나 다른 드래곤들이 답을 찾을 수 있을까?

드래곤에 대한 불신이 가득했지만 어쩔 수 없었다.

여기서 시간을 벌 수 있는 사람은 나밖에 없었다.

나를 장난감으로 생각하는 파오르이기에 가능했다.

드래곤들은 여전히 파오르를 피해 뒷걸음질치고 있을 때 나는 파오르를 향해 한 걸음 나아갔다.

내가 자신의 곁으로 걸어오자 파오르의 발걸음이 멈추었다.

어서 다가오라고 손짓하고 있는 그였다.

나는 천천히 잔걸음으로 파오르에게 다가갔다.

파오르와의 거리가 10m도 남지 않았을 때 나는 뒤를 돌아봤다.

드래곤들이 방법을 찾고 있는지 알고 싶었다.

드래곤들은 멍하니 나와 파오르를 바라만 보고 있다.

저것들을 믿는 것이 아닌데. 젠장.

이대로 뒤로 빠질 수도 없었다.

이미 호기심 가득한 표정으로 나를 바라보고 있는 파오르가 나를 놓아줄 리 없었다.

이왕 이렇게 된 거, 신명 나게 싸워나 보자.

결심이 섰다.

녹색 안개가 옅어지는 동안 나도 약간의 힘을 회복했다.

최상의 컨디션은 아니지만 그래도 약간의 기운을 사용할수는 있었다.

마지막 남은 오행의 기운과 마룡의 불꽃을 불러일으켰다.

몸을 가득 채우고도 남을 정도의 마룡의 불꽃은 이제 손바닥 일부만을 가릴 정도의 작은 불꽃이 되었다.

손바닥 위에 마룡의 불꽃이 생겨나자 파오르는 놀란 표정으로 엉덩이에 손을 가져다 대며 아픈 표정을 지었다.

드래니스의 형체로 변해 있을 때 내가 자신의 밑구멍을 아프게 했다는 뜻이다.

"이 정도의 힘으로는 너를 막을 수는 없겠지. 그래도 최선을 다해야겠지?"

인간 형체로 변한 파오르이기에 대화가 가능하지 않을까

생각했다.

"안녕. 너 재밌어. 너랑 놀면 시간 가는 줄 모르겠어. 계속 놀자."

성년의 모습을 한 파오르의 입에서 아기들이나 쓸 법한 말투가 튀어나왔다.

그는 나를 정말로 장난감으로 생각하고 있었다.

그 생각이 언제까지 유지될지는 모르겠지만 그래도 그가 그렇게 생각하는 동안은 시간을 벌 수 있었다.

"많이 심심했나 보구나. 내가 놀아줄게. 우리 뭐 하고 놀까?"

"정말 심심했다고. 얼마나 오랜 시간 갇혀 지냈는지 알아? 저 치사한 드래곤들이 우리를 가두고 괴롭혔다고. 복수할 거야. 드래곤들을 다 죽여 버릴 거야."

파오르가 분노하고 있었다. 이래서는 안 되었다. 드래곤에게 향하는 그의 관심을 나에게 돌려야 했다.

"지금은 나랑 놀고 있잖아. 집중 좀 해주지. 나랑 노는 거 좋아하잖아. 뭐 하고 놀아줄까? 말만 해. 내가 다 들어줄게."

"아까 네가 나를 공격할 때 내가 너의 공격을 피해 요리조리 몸을 날렸잖아. 이번에는 네가 술래야. 자, 간다."

"잠깐만. 숨 좀 돌릴 시간은 주고 시작해야지."

말을 더는 할 수가 없었다.

파오르가 만들어내는 자색의 빛살이 나에게 날아들어 왔다.

겨우 분필 정도의 크기의 빛살이었지만 저기에 적중되면 무사할 것 같지 않았다.

머리를 노리고 날아오는 빛살을 바닥을 굴러 겨우 피해냈다.

"이제 조금 더 많이 갈게. 기대해."

기대하고 싶은 마음은 전혀 없었지만 그 말을 할 틈이 없었다.

순차적으로 날아오는 분필 같은 자색 빛살을 피하기 위해 바닥을 굴러다녔다.

동체 시력과 반응 속도가 빨라지지 않았다면 도저히 피해내지 못했을 공격이다.

"역시 재밌어. 조금 더 강도를 높일게."

파오르의 공격이 사방으로 날아들어 왔다. 사방을 도배하는 분필의 향연에 정신을 차릴 수가 없었다. 몸을 크게 움직여 빛살을 피해낼 수도 없었다.

최소한의 움직임으로 빛살을 피해내야 했다. 춤을 추듯이 스텝을 밟으며 빛살들을 피해냈다.

"너무 잘 피하니까 조금 화나네. 이것도 한번 피해봐."

이번에는 분필 사이즈의 빛살이 아니었다. 거대한 구의 형태의 자색 기운이었다. 나는 급히 땅을 파고들어 공격을 피해내려고 했지만 구는 나를 쫓아 땅속까지 파고들었고, 다시 하늘로 솟구쳐 올라가서야 겨우 공격을 피해낼 수 있었다.

"이건 너무하잖아! 갑자기 이런 공격을 하면 어떻게 해!"

"이번 공격까지 피할 줄은 몰랐어. 이제는 두 개를 동시에 날릴게."

내 말을 코로 듣는지 파오르는 분필 모양의 기운과 구의 기운을 동시에 나에게 날려 보냈고, 나는 상대적으로 더 위험해 보이는 구를 피하기 위해 몸을 움직이다 분필이 왼발을 파고드는 것을 피하지 못했다.

분필이 관통한 다리에서 피가 끊임없이 흘러나왔다.

근육은 물론이고 뼈까지 관통한 자색 기운에 다리가 마음대로 움직이지 않았다.

"이번에는 아쉽게 됐네. 이번까지 피하면 상을 주려고 했는데 아까워."

"상? 무슨 상을 주려고 했는데?"

파오르가 손을 들어 올렸다. 그의 손 위에 작살 형태를 한 자색 기운이 모습을 드러냈다.

"세 가지 공격을 동시에 하려고 했지. 이 공격은 드래곤을 상대하기 위해 아껴둔 기운인데 특별히 너에게 먼저 선보여 주려고 했지. 이 정도면 상 아냐?"

상은 개뿔.

욕지거리가 튀어나오려는 것을 겨우 참아냈다.

아직도 드래곤은 방법을 찾아내지 못하고 있는 듯했다.

이렇게까지 시간을 끌었으면 최선책은 아니라도 차선책은 만들어내야 할 것이 아닌가.

인간보다 훨씬 뛰어난 두뇌를 가지고 있는 드래곤이라면 말이다.

자색의 기운에 당한 다리가 재생되는 속도가 너무도 느렸다.

아직 피도 멈추지 않고 있다.

자색의 기운이 재생 능력을 방해하고 있는 것 같았다.

더는 파오르를 상대로 시간을 끌지 못할 것 같았다.

그런 생각이 들자 두려움이 찾아왔다.

두려움은 공포를 대동하고 정상적인 사고를 방해했다.

파오르는 여전히 나를 바라보며 웃고 있었다.

그의 주위에는 수십 개의 분필 형태의 자색 기운이 떠돌고 있다.

"벌써 끝난 거야? 난 좀 더 놀고 싶었는데. 뭐 드래곤들이랑 놀면 되니까. 수고했어."

장난감에 싫증이 난 파오르였다.

싫증 난 장난감은 쓰레기통에 버려지게 마련이다.

나는 쓰레기통에 버려진 장난감이 되고 싶지 않았다.

다리가 온전히 움직이지 않는 상태에서 저 공격을 피해낼 수 있을까?

어려웠다. 피할 수 없다면 최대한 방어를 해야 했다.

나는 얼마 남지 않은 모든 기운을 끌어 올려 몸을 방어했다.

쇠의 기운은 물론이고 오행의 기운을 모조리 끌어 올려 파오르의 공격에 대비했다.

하지만 이런 나의 노력이 성공할 거라고는 생각하지 않았다.

너무도 쉽게 다리를 관통한 파오르의 기운이라면 오행의 기운도 가볍게 부수고 나의 몸을 넝마로 만들 것 같았다.

"뒤로 빠져라. 이제는 우리가 상대하겠다."

드디어 드래곤들이 움직이기 시작했다. 너무도 늦었다. 조금만 더 빨랐다면 이런 공포를 느끼지 않아도 되었을 텐데.

"너무 늦었어요. 진짜 너무 늦었다고요."

드래곤들이 내 앞을 가로막고 섰다. 파오르는 그런 드래곤들을 바라보며 웃음기를 지웠다.

나와 시간을 보낼 때와는 확연히 다른 분위기다.

그는 자신들을 봉인한 드래곤에게 복수를 하고 싶어 했다.

나와 보낸 시간이 놀이 시간이었다면 지금부터는 본 게임이었다.

파오르가 빠르게 움직이기 시작했다.

자신을 어둠만이 가득한 공간에 봉인한 드래곤들에게 피의 복수를 하기 위해서 온몸에 자색의 기운을 두르고 달려 나갔다.

지금 내가 할 수 있는 것은 드래곤들에게 이 전투를 맡기고 최대한 빠르게 몸을 회복시키는 것이었다.

나는 드래곤들을 방패 삼아 땅속으로 기어들어 갔다.

몸을 움직이기 힘든 상황에서 땅속만큼 안전한 곳은 없었다.

회복의 물방울을 상처 부위에 발라보았지만 회복 속도는 너무도 더디었다.

내가 파오르의 장난감이 되면서 번 시간 동안 드래곤들은 파오르를 상대할 방법을 생각했다.

두 마리의 드래곤이 파오르를 막기 위해 앞으로 나아갔다.

그들의 표정은 비장했다.

세상에 있는 모든 생명체의 첫 번째 목적은 생존이다.

죽음을 원하는 존재는 없었다.

그것은 드래곤도 마찬가지였다.

하지만 파오르의 앞을 막아선 드래곤들의 모습에서는 목숨을 버리겠다는 비장함이 느껴졌다.

두 마리의 드래곤이 파오르의 앞을 가로막고 있을 때 다른 드래곤들은 네르키스를 중심으로 한 마법진을 연성하고 있었다.

이 상황에서 파오르를 막기 위해서는 혼자만의 힘으로는 불가능하다는 것을 알고 있는 드래곤들이다.

드래곤 하트에서 뿜어져 나오는 마나를 모조리 마법진 안으로 집어넣고 있는 드래곤들.

하지만 아직 마법진에서는 아무런 반응도 보이지 않고 있었다.

강한 마법을 구현시키기 위해서는 시간이 필요했다.

이미 두 마리의 드래곤은 파오르가 만들어내는 자색의 기운에 신체의 일부를 잃었다.

그들이 파오르를 막을 수 있는 시간은 많지 않은 것으로 보였다.

그들의 노력이 헛되게 해서는 안 되었다.

드래곤들이 마나를 짜내고 있다.

드래곤 하트가 생산하는 범위를 넘어선 마나를 마법진에 쏟아부었고, 다행히 두 마리의 드래곤이 목숨을 다하기 직전에 마법진을 완성할 수가 있었다.

마법진이 완성되는 순간 두 마리의 드래곤은 만족스러운 미소를 짓고 방어 의지를 놓아버렸다. 그 순간을 놓치지 않고 파오르의 기운이 드래곤들의 숨결을 빼앗아 갔다.

처음으로 사망자가 생기는 순간이었다.

그것도 드래곤이라는 가장 강력한 우군의 죽음이다.

"파오르, 너를 용서하지 않겠다! 억겁의 시간을 어둠에서 보내야 할 것이다!"

네르키스가 분노를 가득 담아 소리쳤다.

마법진은 네르키스의 분노를 알기라도 하는지 빛을 발하며 파오르를 향해 그 빛을 쏘아 보냈다.

드래곤 하트에 있는 모든 마나를 짜내어 만든 마법이다.

땅속에 있었지만 마법의 기운이 엄청나다는 것을 느낄 수 있었다.

파오르가 만든 자색의 기운보다 더 강한 마법의 기운이다.

마법진이 만들어낸 빛에 고스란히 노출된 파오르는 비명을 질러대었다.

"으아아악! 그만두지 못해!"

처음으로 듣는 파오르의 비명 소리가 내 귀를 즐겁게 했다.

항상 비웃음으로만 가득하던 그의 얼굴이 고통에 찬 표정을 짓고 있을 생각을 하니 희열이 느껴졌다.

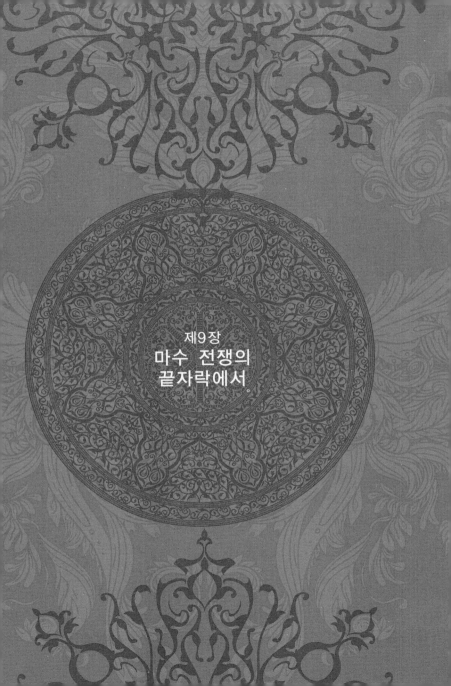

제9장
마수 전쟁의
끝자락에서

　파오르가 비명을 지르는 동안에도 나는 몸을 회복하기 위해 회복의 물방울을 만들어 왼 다리를 문질렀다. 이제는 피가 멈추고 조금씩이지만 상처가 아물어가고 있다.

　퍼—엉!

　마법진을 이용한 공격이 파오르에게 유효타를 주고 있자 드래곤들은 파오르에게 다른 여러 마법들을 쏟아부었다. 파오르는 여전히 고통에 찬 비명을 질러대고 있었다.

　시간이 얼마나 흘렀을까?

　내 상처는 완전히 아물고 힘이 조금이지만 돌아왔다.

　이제는 땅속에서 나와도 될 것 같아 고개를 살며시 내밀었다.

마법진이 만들어낸 빛에 파오르는 여전히 몸을 비틀어대고 있고, 드래곤들은 모든 마나를 다 소진했는지 몸을 굽히고 서 있다.

허리를 꼿꼿이 세울 힘도 남아 있지 않은 것이다.

나는 몸을 완전히 밖으로 빼내고는 네르키스의 옆으로 걸어갔다.

"드디어 끝난 건가요? 저 빛이 파오르를 상태 이상으로 만들겠죠?"

"그럴 가능성이 높다. 하지만 장담할 수는 없다. 저 빛을 견뎌낸다면 그를 막을 방법은 더 이상 없다."

해탈한 표정을 하고 있는 네르키스와 다른 드래곤들.

드래곤은 마지막 자존심을 버리고 마법진을 이용해 파오르를 공격했다.

성공해야만 하는 작전이었다.

두 마리의 드래곤은 파오르의 주변에 쓰러져 몸을 움직이지도 못하고 있었다.

"으아아아! 드래곤의 씨를 다 말려 버릴 거야! 내가, 아니, 우리가 드래곤을 다 죽여 버릴 것이다!"

파오르가 바닥을 뒹굴며 소리쳤다.

그의 눈이 천천히 풀리고 있었다. 그에게 조금만 더 충격을 준다면 상태 이상에 빠뜨릴 수 있을 것 같았다.

"네르키스 님, 저 빛이 언제까지 파오르를 잡아둘 수 있을까요?"

"길지 않을 것이다. 저 빛은 드래곤 하트의 집결체라고 할 수 있다. 드래곤들의 힘의 원천이 저 빛 안에 고스란히 담겨 있다. 하지만 파오르를 상태 이상에 빠뜨리게 할 정도의 기운이 될지는 모르겠다."

자신감 없는 네르키스의 말.

그의 말대로라면 파오르가 저 빛을 견디고 다시 온전한 모습을 할 수도 있다는 것이다.

그렇게 돼서는 안 되었다. 지금의 상황을 만들기 위해 얼마나 많은 피해를 입었는데 파오르를 봉인시키지 못한다면 수지가 맞지 않는 장사였다.

끝을 봐야 했다. 드래곤들이 만든 이 판을 종결지어야 했다.

나는 움직이지도 못하는 드래곤들을 대신해 파오르를 향해 걸어갔다.

파오르의 앞에 다가서자 그가 나를 분노에 찬 눈으로 바라봤다.

"너도 드래곤과 같은 놈이었구나. 너 또한 용서하지 않겠다. 죽여 버리겠다. 으아아아아! 죽여 버리겠다고!"

드래곤이 만든 마법의 빛이 파오르의 몸을 옭아매고 있고 그의 몸에서 약간이지만 피가 흐르고 있다.

그것도 붉은 피가 흐르고 있었다.

가장 많은 피가 흐르고 있는 곳은 어깨였다.

빛에 가장 강하게 노출된 부위가 어깨였고, 그곳에서는 끊임없이 피가 흐르고 있었다.

다른 부위는 피가 흐르다가 다시 재생되었다가를 반복하고 있었다.

"잠시 네 어깨에 실례하겠어. 그렇게 아프지는 않을 거야. 금방 끝날 거니 조금만 참아."

나는 분노에 찬 파오르의 어깨를 살며시 잡았다.

이미 빛에 몸이 속박되어 있던 파오르였기에 내 손길을 거부하지 못했다.

조심스럽게 파오르의 어깨를 타고 흐르는 피에 입을 가져다 대었다.

피가 몸속으로 들어오는 순간 엄청난 기운이 혈관을 타고 요동쳤다.

순도 높은 기운이다. 자연의 기운을 한 몸에 받는 듯한 느낌이다.

지금까지 흡수한 어떤 몬스터보다 깨끗하고 맑은 기운이었다.

마룡의 기운도 순도가 높았다. 하지만 어두웠다.

파오르의 기운은 순도 높은 맑은 기운이었다.

이 기운이 파오르가 가지고 있는 힘의 원천이었구나.

너무도 달콤했다. 피가 아니라 맛있는 음료를 들이마시는 기분이다.

"너, 인간이 아니구나. 이런 힘을 가지고 있는 존재가 기억난다. 넌 뱀파이어 로드의 후손이구나."

분노가 한풀 꺾인 파오르가 말했다.

그는 뱀파이어 로드에 대해 알고 있는 것이 있었다. 자세한 사항을 물어 보고 싶었지만 그의 어깨에서 입을 뗄 수가 없었다. 하지만 귀를 열었다.

피를 마시며 그의 말에 집중했다.

"뱀파이어들을 생각하지 못했어. 우리를 봉인시키는 결정적인 계기가 뱀파이어 로드라는 것을 잊고 있었어. 조심했어야 하는데. 다시 우리는 봉인되고 말겠어."

마수들을 봉인시킨 존재가 드래곤이 아니라 뱀파이어 로드라는 것인가?

그렇다면 드래곤들이 파오르를 상대할 방법을 모르고 있는 것이 이해가 되었다.

소수의 파오르를 상대한 것이 드래곤이 아니라 뱀파이어 로드라면 그럴 수 있었다.

더 물어보고 싶은 것이 많았다. 하지만 파오르의 눈이 천천히 감기고 있었다.

흡수가 끝난 것이다.

파오르는 천천히 감은 눈을 다시는 뜨지 못했다.

모든 기운을 나에게 뺏긴 그는 조용한 죽음을 맞이했다.

길고 긴 전투가 끝이 났다.

파오르가 죽으면서 나에게 건넨 힘이 나를 완전히 회복시켰다.

아니, 이전보다 더 강한 힘을 가지게 되었다.

파오르의 기운을 어떤 방식으로 사용해야 될지는 정확히 모르겠지만 회복된 기운만으로도 남아 있는 마수들을 충분히 상대할 수가 있었다.

마수와 엉켜 싸우고 있는 부대원들은 아직까지는 피해를 입지 않고 있었다.

이는 모두 드래고니안의 노력이 있었기 때문이다.

그들의 수고를 이제는 내가 대신해 줘야 했다.

나는 여전히 몸을 제대로 다스리지 못하고 있는 드래곤들을 두고 부대원들에게 날아갔다.

그러고는 넘쳐흐르는 기운을 끌어 올렸다.

오행의 기운과 온몸을 덮고도 남는 마룡의 불꽃이 피어올랐다.

마수들은 나의 등장에 움직임을 멈추고 마룡의 불꽃을 지켜보고 있다.

그러고는 물어뜯으려는 듯 이빨을 나에게 들이밀었다.

불을 향해 달려오는 부나방과 다르지 않은 모습이다.

마룡의 불꽃에 달려드는 마수들의 온몸에 불길이 번졌고,

나는 그 불길을 더 거세게 하기 위해 마룡의 불꽃을 사방으로 퍼뜨렸다.

나를 중심으로 마룡의 불꽃이 파도가 되어 마수들을 덮쳤다.

[사장님, 부대원들을 후퇴시키세요.]

텔레파시를 받은 사장은 급히 부대원들을 불꽃이 미치지 않는 던전 방향으로 후퇴시켰고, 드래고니안도 부대원들을 따라 몸을 피했다.

불길은 마수의 몸에 붙어 그들의 힘을 갉아먹었다. 한 마리의 마수를 상태 이상에 빠뜨린 불꽃은 새로운 먹잇감을 찾아 움직였다.

모든 마수가 상태 이상에 빠지기까지 오랜 시간이 필요하지 않았다.

전투가 완전히 끝이 났다.

살아 있는 마수는 한 마리도 없었다.

드래곤들은 마법진을 펼칠 시간을 벌다 죽은 두 마리의 드래곤 앞에서 떠나지 못하고 있었다.

드래곤은 감정 표현에 약한 존재들이다.

억겁의 시간을 살아가는 그들이기에 희로애락에 면역이 되어 있었다.

하지만 동료 드래곤의 죽음은 그런 그들조차 슬픔에 빠지게 했다.

가장 먼저 슬픔에서 빠져나온 것은 네르키스였다.

그는 죽은 드래곤의 앞으로 걸어가 그들의 기운을 몸에서 해방시켜 주었다.

그러자 드래곤 하트에서 방대한 양의 마나가 자연으로 빠져나왔다.

두 드래곤의 기운이 자연으로 쏟아져 나오자 황폐해진 주변에 새로운 싹이 자라나기 시작했다. 부서진 나무들은 제 몸을 되찾았고 어린 나무들은 급속도로 성장하기 시작했다.

두 마리의 드래곤이 자연으로 돌아가자 네르키스와 다른 드래곤들이 몸을 돌려 던전으로 걸어갔다.

여전히 슬픔에 빠져 있는 드래곤들이었지만 이대로 영원히 있을 수는 없었기 때문이다.

전투는 끝이 났지만 마수와의 전쟁이 완전히 끝난 것은 아니었다.

파오르가 속한 마수들과의 전투 이후 수십 차례의 전투가 더 펼쳐졌지만 다행히 파오르는 다시 모습을 드러내지 않았다.

열 마리가 넘지 않는 파오르였기에 그렇게 쉽게 모습을 드러내지는 않았다.

"어르신, 분석이 끝났습니까?"

파오르의 피를 흡수한 지도 6일이 흘렀다. 오랜만에 찾아오는 휴일이었지만 리치는 분주히 움직이고 있었다.

"거의 끝이 났다. 잠시 앉아서 기다리고 있거라."

이미 드래니스의 피를 흡수하면서 생긴 능력에 대해서는 분석이 끝났다.

드래니스의 피를 흡수하면서 불사에 가까운 신체를 얻게 된 것이다.

죽지 않는 것은 아니었다. 단지 끈질긴 생명력을 가지게 된 것이다.

직접 실험하지는 않았지만 리치의 말에 따르면 사지가 잘려 나가도 머리만 붙어 있으면 죽지 않는다고 했다.

재생력이 높아진 것은 아니었기에 사지를 직접 자르며 실험해 보고 싶지는 않았다.

그래도 리치의 말을 믿었다.

불사에 가까운 신체.

얼마나 도움이 될지는 몰랐다.

불사에 가까운 신체를 가지게 되었다고 해서 전투에 큰 도움이 될 것 같지는 않았다.

전투를 하기 위해서는 생명력보다 뛰어난 재생력이 더 중요했다.

상처를 입음과 동시에 재생되는 능력이 불사에 가까운 신체보다 더 효율적이었다.

아쉬운 마음은 들었지만 그래도 나쁘지 않은 능력을 가지게 된 것은 사실이다.

한 시간 정도 리치의 실험을 구경하고 있는데 드디어 리치의 손이 멈췄다.

실험 결과가 나온 것일까?

"분석이 끝났다. 워낙 강대한 기운을 담고 있는 피였기에 분석이 까다롭기는 했지만 결과를 낼 수는 있었다. 지금 내가 분석한 능력보다 더 강한 능력이 네 몸에 있을지도 모르니 내 분석은 참고만 하기 바란다."

"알겠습니다, 어르신. 어떤 능력이 새로 생긴 건가요?"

"파오르는 세 가지 형태로 변신할 수 있다. 칼리스와 드래니스, 그리고 인간의 모습. 모습이 바뀔 때마다 그의 능력도 변했다. 너는 그 힘들의 장점을 가지게 되었다. 먼저 몸을 빛살로 변하게 할 정도로 빠르게 이동할 수 있는 능력, 그리고 강한 방어력과 마지막으로 마수들을 조종할 수 있는 능력."

나는 리치의 실험이 끝나기 전에 이미 몇 가지 실험을 통해 파오르의 피를 흡수하면서 생긴 능력을 확인하였다.

몸을 진동시켜 빛살로 만드는 칼리스의 능력이 나에게 생긴 것을 가장 먼저 확인했고 방어력이 높아진 것도 어렵지 않게 확인했다.

하지만 마수들을 조종할 수 있는 능력은 생소했다.

"제 명령에 마수들이 따른다는 것인가요? 그러면 마수들이 공격해 오면 '가만히 있어'라고 말하면 움직이지 않게 되나요?"

"그렇다고 할 수 있다. 최상위 마수인 파오르를 제외하면 너의 명령을 전적으로 들을 것이다. 하지만 파오르가 속해 있는 마수 집단이 공격해 들어온다면 상황은 달라질 것이다. 마수들은 너의 명령과 파오르의 명령에 갈피를 잡지 못하고 뒤로 한발 물러설 것이다."

아마 뱀파이어 로드가 어떻게 마수들을 처리했는지 알 수 있을 것 같았다.

그는 마수들을 전투에서 배제시켜 버리고 파오르만을 사냥했을 것이고, 마수들이 전투에 참여하지 않는다면 혼자의 힘으로 파오르를 사냥할 수 있었을 것이다.

"그렇군요. 그러면 이제 마수들은 따로 신경 쓰지 않아도 되겠네요. 오로지 파오르에게만 집중할 수 있겠어요."

파오르의 힘을 흡수한 지금 다시 파오르가 공격해 들어온다고 해도 막아낼 자신이 있었다.

모든 파오르가 동시에 공격해 들어온다면 조금 힘들겠지만 그래도 지지는 않을 것 같았다.

리치의 실험을 통해 알게 된 능력을 드래곤과 사장에게 말해주자 그들은 희망에 찬 표정을 지어 보였다.

아무런 사상자 없이 마수와의 전쟁을 치르고 있었지만 부대원들은 지쳐 있었다.

제대로 휴식을 취하지 못하고 매일같이 전투에 나가야 했기 때문이다.

하루의 짧은 휴식만으로는 부족했다.

소수의 파오르만을 봉인시킨다면 전쟁은 끝나는 것과 다름없다.

이제는 오히려 파오르가 공격해 들어오기를 손꼽아 기다려야 하는 상황이 되었다.

휴식일이 끝이 나고, 3일 후 드디어 다른 파오르가 찾아왔다.

비웃음을 짓는 것이 파오르들의 특징인지 이번에 온 놈도 우리를 바라보며 비웃음을 짓고 있다.

그는 먼저 마수들을 이용해 우리의 진을 빼놓을 심산인지 뒤로 물러나 마수들을 던전 방향으로 이동시켰다.

나는 이틀간의 전투 동안 마수들을 조종하는 법을 익혀두었다.

일반 마수들이라면 내 말에 복종할 수밖에 없었다.

"모두 멈춰라! 그대로 뒤로 돌아가라!"

의지를 가지고 이렇게 말하면 보통 마수들은 뒤로 돌아가 얌전히 기다렸다.

하지만 오늘은 파오르가 자신들의 뒤에 있기에 내 명령을 따르지 않고 있었다.

마수들은 파오르와 나의 명령 사이에서 갈피를 잡지 못하고 그대로 몸을 멈추고 말았다.

뭐 저 정도면 만족스럽지.

전투에 참여하지 않고 몸을 멈추기만 해도 충분했다.

파오르는 자신의 명령을 듣지 않는 마수들을 보고 당황한 듯 보였다.

당황스럽겠지. 자신의 능력과 동일한 능력을 가지고 있는 존재가 있다는 것을 알게 되었으니.

나는 나와 같이 움직이려는 드래곤들을 두고 파오르를 향해 걸어갔다.

*   *   *

그는 내가 마수들의 발을 멈춘 존재라는 것을 직감한 듯 분노한 표정으로 나를 바라보았다.

이전에 파오르를 상대할 때와는 마음가짐이 달랐다.

파오르가 뿜어내는 기운에 소름이 돋기는커녕 익숙한 기분이 들었다.

"오늘 날씨 좋지? 간만에 하늘에 해가 뜬 거 같네."

마수 출현 이후로 하늘은 자욱한 안개가 가득했다. 하지만 오늘은 상대적으로 날이 맑았다. 이런 하늘을 보는 것이 오랜만이다.

"이런 날씨가 좋은 건가? 나는 모르겠다. 하지만 네가 좋다니 다행이군. 네가 좋아하는 날씨에 죽을 수 있게 되었다니

축하한다."

"나는 죽고 싶은 마음이 전혀 없는데? 사람의 수명을 마음대로 정하지 말아줘. 그리고 오늘은 내가 아니라 너의 마지막 날이 될 거야. 짧은 방황을 이제는 마쳐야 할 때가 되었잖아? 언제까지 남의 집을 행보하고 다닐 거야? 휴가는 끝이야. 다시 돌아가라."

"내가 있을 곳은 여기다. 다시는 그 어두운 곳으로 돌아가고 싶지 않다. 나를 그곳으로 데려갈 수 있는 존재는 아무도 없다."

"정말 그럴까?"

파오르의 전매특허인 비웃음을 내가 지어 보였다.

꼭 한번 파오르에게 비웃음을 날려주고 싶었다. 그리고 오늘 기회가 생기자마자 비웃음을 날려주었다.

비웃음을 받은 파오르의 반응은 뜨거웠다.

그의 얼굴에는 웃음기가 완전히 사라졌고, 몸에서 아지랑이가 피어오르는 듯한 착각이 들었다.

나를 얕보는 건가?

파오르는 칼리스의 형태로 변신해 몸을 떨어대었다.

파오르가 할 수 있는 변신 중에서 가장 약하다고 생각되는 칼리스의 형태로 변신한 파오르였다.

그래, 모르는 것이 죄는 아니니까.

"와라. 그 모습으로 변한 것을 후회하게 해줄게."

파오르가 움직이기 시작했다.

그는 고양이보다 약간 큰 모습을 하고는 빛살로 변하려고 하고 있다.

아니, 이미 변해 있었다. 하지만 나는 그의 모습이 생생하게 보였다.

선이 아닌 온전한 모습이 눈에 담겼다.

몸을 분주하게 떨고 있는 파오르의 모습에 웃음이 나왔다.

나를 공포로 몰아붙이던 모습이지만 지금은 몸을 떨어대는 고양이일 뿐이다.

고양이를 무서워할 이유는 전혀 없었다.

파오르가 나를 향해 달려들었고, 나는 부뚜막에 올라서는 고양이를 혼내는 어머니의 심정으로 고양이를 후려갈겼다.

다른 기운을 사용하지 않고 오로지 육체의 힘만을 이용해 파오르를 후려쳤다.

드래니스와 파오르의 기운을 흡수하면서 육체가 강해졌기에 가능한 일이다.

나에게 불의의 일격을 당한 파오르는 더 빨리 몸을 진동시키며 사방을 돌아다니며 틈을 노렸다.

일부러 틈을 여러 군데 보여주었지만 파오르는 아려오는 뒤통수 때문인지 쉽게 다가오지 못했다.

"그럴 거면 그냥 다음 단계로 변하는 게 어때? 꼭 몸으로 확인해 봐야겠어? 내가 너보다 강하다는 것을."

여전히 현실을 부정하고 있는 파오르는 모습을 변하려고 하지 않고 있었다. 그렇다면 손수 확인시켜 주는 방법밖에 없었다.

빠르게 움직이고 있는 파오르를 향해 달려들었다.

파오르는 방어 자세만 취하고 있던 내가 갑자기 달려들자 당황한 듯 몸을 피하려고 했지만 바람의 기운까지 더한 내 속도에 금세 따라잡히고 말았다.

픽!

한 번 더 파오르의 뒤통수를 후려갈겼다.

쌓여 있던 스트레스가 한 방에 쓸려 나가는 기분이다.

'이 맛을 혼자 즐기려고 드래곤들을 두고 온 거지.'

파오르는 이제야 칼리스의 형태로는 나를 이기지 못한다는 것을 깨닫고는 2단계로 변신하려고 했다.

가장 강한 인간의 형태로 변해도 나를 이길 수 없는 파오르가 고작 드래니스의 형태로 변하고 있다.

"너 아직도 나를 얕보고 있네? 그러다가 마지막 형태로 변하지도 못하고 끝나는 수가 있어."

파오르를 위해 충고를 해주었지만 파오르는 나의 충고를 한 귀로 듣고 흘려버렸다.

선택에 따른 결과는 그의 몫이었다.

굳이 그가 마지막 형태로 변신할 시간을 줄 필요는 없었다.

오히려 덩치가 큰 드래니스의 형태를 하고 있는 것이 때릴

데가 많아 좋았다.

굳이 몸을 빠르게 움직여 그를 잡을 필요도 없이 나는 바로 마룡의 불꽃을 불러내었다.

온몸을 휘감는 마룡의 불꽃은 파오르를 흡수한 이후 더 왕성한 기운을 발산했다.

이전에도 일반 마수나 칼리스 정도의 방어력을 가진 마수를 상대로 위협적인 마룡의 불꽃이었지만 지금은 강한 방어력을 가지고 있는 파오르를 상대로도 충분히 통할 것 같았다.

나는 구멍을 찾아 마룡의 불꽃을 쏘아내지 않았다. 단지 주먹에 마룡의 불꽃을 묻히고는 드래니스를 향해 내질렀다.

퍼—억!

경쾌한 타격음이 주먹을 타고 흘렀고, 파오르는 그 거대한 몸을 움찔거리며 고통에 휩싸였다.

"그래, 이제야 때릴 맛이 나네. 매타작을 한번 시작해 볼까. 기대해도 좋아. 네가 만족할 때까지 매타작을 해줄 테니까."

만족한다는 의미는 상태 이상에 빠지는 것을 뜻한다.

찰나의 순간에 수십 번의 주먹이 파오르의 몸을 때리자 파오르는 나를 떼어내기 위해 녹색의 부식성 독을 뿜어내려고 했다.

부식성 독은 여전히 위험했다. 하지만 아무리 위험해도 맞지만 않으면 되었다.

"그렇게 느리게 분비물을 쏟아내면 누가 맞아줄까? 너도 참 멍청하구나. 어쩔 수 없는 마수야. 아무리 최상위 마수라고 해도 멍청한 건 종족 특성인가 봐."

이번에는 주먹이 아니라 발에 마룡의 불꽃을 담았다.

샌드백을 때리는 심정으로 파오르의 몸을 두들겼다. 움푹 움푹 들어가는 파오르의 살집이 나의 몸을 더욱 가볍게 해주었다.

파오르는 이 상태로 나를 상대하기 힘들다는 것을 깨닫고는 인간의 형태로 변신하려고 했다.

"누구 마음대로 변신하려고 하냐. 내가 허락하지 않는 이상 너는 샌드백이 되어야 한다고."

나는 변신할 틈을 주지 않고 계속해서 주먹과 발을 내질렀고, 파오르는 변신할 기회를 잡기 위해 녹색의 안개를 만들어 내었다.

이 안개 때문에 저번에도 파오르가 인간의 형태로 변할 수가 있었다.

녹색의 안개에 담긴 독은 들이마시지만 않으면 되었다.

드래곤의 비늘보다 단단한 피부를 가지고 있었기에 파오르의 독이 나의 몸을 녹일 수 있을 것 같지는 않았다.

나는 숨을 참으며 계속해서 파오르의 몸을 두들겼다.

파오르는 내가 비겁하다고 눈으로 말하고 있었다.

그렇게 처음부터 인간의 형태로 덤볐으면 반항이라도 했을 거잖아.

나를 얕잡아 보던 파오르는 결국 드래니스의 모습으로 상태 이상에 빠져 봉인 상자로 다시금 돌아가야만 했다.

파오르가 봉인 상자로 모습을 감추자 나는 남아 있던 마수들을 완벽히 통제할 수 있게 되었다.

"모두 앞으로 걸어와. 오와 열을 맞추고 그대로 여기까지 걸어온다. 실시!"

마수들은 명령에 따라 천천히 내 앞으로 걸어와 멈추어 섰다.

"이제 상태 이상에 들어간다. 실시!"

나는 반항도 하지 않는 마수에게 손을 쓰고 싶지 않았기에 상태 이상에 들어갈 것을 명령했다.

하지만 상태 이상으로 빠지는 방법을 모르고 있는 마수들은 내 명령을 이행하지 못했다.

"내가 직접 손을 써야겠네. 이렇게 얌전히 있는 너희들에게 손을 쓰고 싶지 않은데 어쩔 수가 없네. 미안하다."

사과의 말을 남기고는 그대로 마룡의 불꽃을 파도로 만들어 마수들을 덮쳤다.

사방으로 마수들의 비명 소리가 울리자 던전이 도살장으로 변한 느낌이다.

마룡의 불꽃에 그 많던 마수들이 모조리 상태 이상에 빠져들었다.

내 명령 때문인지 한 발자국도 제대로 움직이지 못하는 마수들은 고스란히 자신의 몸을 마룡의 불꽃에 내어주어야 했다.

상태 이상에 빠져 있는 마수들을 모조리 봉인 상자에 집어넣었다.

내가 말하지 않아도 이런 작업은 도와줄 법도 한데 드래곤과 드래고니안은 던전 앞에서 나를 바라보고만 있었다.

봉인 작업이 끝나고 던전으로 돌아왔다.

"이 괴물 같은 놈, 네가 인간인지 의심스럽다."

"사장님, 어디를 봐도 제가 인간인 건 의심할 여지가 없습니다. 저는 오히려 이런 상황에서 휴식일마다 전투 족구를 하는 사장님이 인간인지 의심스럽습니다. 혹시 인간의 탈을 쓴 다른 존재는 아니시죠?"

"뭐래? 헛소리 그만하고 밥이나 먹자. 오늘은 오랜만에 여유롭게 식사할 수 있겠네."

두 번째 파오르를 봉인시키고 5주가 흘렀다.

그동안 다섯 마리의 파오르가 던전을 찾아왔고, 그들은 모조리 내 손에 이끌려 봉인 상자에 빨려 들어가야만 했다.

모든 파오르는 인간의 형태로 변하지도 못해보고 드래니스의 형태에서 봉인되었다.

어떻게 하나같이 그러는지 모르겠다.

이제는 정말 마수와의 전쟁이 끝자락이다.

남아 있는 파오르는 많아봤자 서너 마리 정도이다.

그들이 한 번에 공격해 온다고 해도 겁이 나지 않았다.

아니, 오히려 그렇게 공격해 들어오기를 기다렸다.

하루에 몇 번이고 공격해 들어오던 마수들의 공격이 이제
는 뜸해지기 시작했다.

하루에 한 번은커녕 3일에 한 번도 보기가 힘들었다.

그동안 우리가 봉인한 마수의 숫자가 많기도 하지만 아직
남아 있는 마수의 숫자도 적지는 않았다.

"네르키스 님, 파오르가 찾아올까요? 이렇게 가만히 기다
리고만 있다가는 여기서 늙어 죽을 것 같습니다. 파오르를 찾
으러 다니는 것이 낫지 않을까요?"

"나도 그러는 것이 좋겠다고 생각하고 있다. 남아 있는 파
오르의 숫자가 많지 않기에 빠르게 마수와의 전쟁을 끝내기
위해서는 우리가 직접 움직이는 것이 좋을 것 같다. 하지만
네가 던전을 나가 정찰하는 것은 위험한 일이다. 네가 없는
상황에서 파오르가 던전으로 찾아오기라도 한다면 남아 있는
사람들의 안전이 위험하다."

"그렇긴 하겠네요. 그러면 어떻게 하실 생각인가요?"

"나와 다른 드래곤들이 파오르를 찾아다니겠다. 파오르의
모습을 발견하는 즉시 너를 그 장소로 불러내겠다."

"텔레포트 마법으로 말씀이시죠? 그러면 되겠네요. 알겠습
니다. 그러면 부탁드리겠습니다."

나는 이미 여러 마리의 파오르를 봉인시킨 경험이 있고, 이제는 한 마리의 파오르를 봉인시키는 데 오랜 시간이 걸리지도 않았다.

진지하게 상대한다면 10분도 걸리지 않아 파오르를 봉인시킬 자신이 있다.

10분 동안 던전을 떠난다고 해서 마수에게 전멸당할 전력은 아니었다.

조나단의 끊임없는 연구로 모든 슈트가 새롭게 변했고 마수를 상대로 특화되었다.

마수의 독은 물론이고 마수의 이빨에 잘려 나가지 않는 금속으로 교체된 상태이다.

거기에 드래고니안까지 있다면 10분은 물론이고 한 시간 정도는 버틸 수 있을 것이다.

파오르를 찾아 봉인시킨다는 계획은 곧장 실행되었다.

드래곤들은 사방으로 퍼져 파오르를 찾으러 이동했고, 남아 있는 부대원과 종족들은 끝나가는 마수와의 전쟁 이후를 생각하고 있었다.

우리야 도시로 돌아가기만 하면 된다고 하지만 엘프나 드워프들은 달랐다.

완벽히 마수들을 처리하지 못한 상황에서 마을로 돌아갔다가 무슨 변고를 당할지 몰랐기에 던전 주위에 새로운 보금자리를 만들어야 했다.

세계수만 있다면 어디든 보금자리를 만들 수 있는 엘프와는 달리 드워프가 문제였다.

그들은 장인이다.

그들은 물건을 만들지 않으면 살아가지 못하는 종족이다.

드워프 족장의 부탁을 받고 나는 드워프들을 데리고 여러 산을 둘러보았다.

광산을 만들 수 있는 산이 있는지, 어떤 종류의 광물이 있는지 파악해야만 했다.

다행히 드워프들의 생각보다 드래곤의 던전 주변에는 많은 광물이 분포되어 있었고, 이곳에 보금자리를 만들 수 있다는 결론이 나왔다.

드워프와 주변 산들을 둘러보고 돌아오자 네르키스가 도착해 있다.

"파오르를 찾았다. 빠르게 이동하자."

"알겠습니다. 바로 이동하시죠."

네르키스가 나의 어깨를 붙잡자 우리는 곧장 파오르가 있는 곳으로 텔레포트를 했다.

파오르의 모습이 보였다.

그는 수많은 마수들을 거느리고 유유히 움직이고 있었다.

마수들은 살아 있는 생명체를 찾아 움직이고 있었다.

하지만 저들의 가장 큰 목적은 드래곤의 말살이다.

다른 종족들이 자신들에게 해를 끼치지 못한다는 것을 잘 알고 있는 파오르였기에 마수들을 이끌고 드래곤들을 찾으러 다니고 있는 것 같았다.

"여기에 드래곤 있어!"

내 옆에는 네르키스가 있고 그는 드래곤이다.

"무슨 짓이냐?"

네르키스가 흠칫 놀라며 말했다.

"마수들을 불러들이는 데 드래곤만큼 좋은 방법은 없잖아요."

"그렇다고 해서 나를 미끼로 쓰겠다는 거냐?"

굳이 드래곤이 있다는 것을 알리지 않더라도 마수는 살아 있는 생명체를 향해 다가오게 마련이다. 하지만 파오르를 좀 더 적극적으로 움직이게 하기 위해 네르키스를 팔았다.

파오르를 중심으로 수많은 마수가 접근해 왔다.

내가 원하는 것은 파오르뿐이다. 다른 마수들이 다가오는 것은 원치 않았다.

"너희들은 멈춰라! 파오르 너만 와라!"

내 명령에 마수들이 발길을 멈추었다. 파오르와 나의 명령 사이에 회로가 마비된 마수들이다.

그런 마수들을 보고 분노한 파오르가 칼리스의 형태로 변해 빠른 속도로 다가왔다.

그리고 그의 마지막 모습은 칼리스의 모습이 되었다.

빠르게 다가오는 파오르를 그대로 마룡의 불꽃에 휩싸여 있는 발로 짓밟자 그는 그대로 상태 이상에 빠졌다.

"이제 정말 몇 마리 남지 않았네요, 네르키스 님."

*   *   *

파오르 사냥은 착실히 진행되고 있었다.

본체로 변해 빠르게 날아다니며 정찰하는 드래곤들의 능력 덕택에 대다수의 파오르를 봉인시킬 수 있었다.

"네르키스 님, 파오르가 더 남아 있을까요? 벌써 4일째 파오르를 찾지 못하고 있어요."

파오르를 찾지 않는다고 해서 우리가 가만히 던전 안에만 있는 것은 아니었다.

이미 던전 주위의 마수들은 청소가 끝나, 우리는 영역을 넓혀 마수들을 봉인시키고 있었다.

하지만 일반 마수들의 위험도는 그렇게 높지 않았다.

다른 몬스터나 종족에게는 큰 위험이겠지만 우리에게는 단순한 사냥감에 불과했다.

"아직 조금 더 지켜봐야 할 것 같지만 더는 남아 있는 파오르가 없을 것 같다."

"그러면 이제 우리는 돌아가 봐도 되지 않을까요? 파오르가 없다면 충분히 드래곤만으로도 마수들을 봉인시킬 수 있지 않습니까."

몬스터 월드에서 너무 오랜 시간을 보냈다.

석 달이 채 되지 않은 시간이 짧다고 할 수는 없었다.

배가 점점 불러오고 있는 카린을 보고 싶기도 했고, 아기를 가지지 못해 뾰로통한 표정을 짓고 있을 이자벨이 그리웠다.

그리고 다른 동생들과 마을 사람들 모두 그리웠다.

"확실한 정찰이 끝나는 다음 주까지 이곳에 있어주었으면 한다. 다음 주에는 붙잡지 않겠다."

드래곤의 부탁이다. 내가 그에게 받은 것이 적지 않았기에 그의 부탁을 들어줄 수밖에 없었다.

나는 네르키스로부터 텔레포트 목걸이는 물론이고 마룡의 피까지 얻었다. 네르키스의 그런 도움이 없었다면 나는 지금까지 살아남지 못했을 것이다.

그래, 석 달을 여기서 보냈는데 일주일을 더 못 보낼 이유는 없지.

"알겠습니다. 그러면 다음 주까지 던전에 있겠습니다. 그 동안 부대원들하고 마수 사냥이나 다니면 되겠네요."

다시 며칠이 지나고 이제는 필요성을 느끼지 못하는 휴식일도 지나갔다.

네르키스가 약속한 날짜가 다가오고 있었다.

마수 사냥을 하는 것에 질린 부대원들은 이제는 던전 안에서 마음 놓고 전투 족구를 하고 있었다.

이 상황에서 그들의 지루함을 달래줄 유일한 놀이 수단이었다.

"사장님, 지겨우시죠? 이제 며칠만 더 참으면 도시로 돌아갈 수 있어요."

"난 별로 안 지겨운데? 어차피 도시로 가서 족구하나 여기서 족구하나 별 차이 없는데?"

역시 일반 사람과는 사고방식이 다른 사장이다.

다른 부대원들은 지루함을 숨기지 못하고 한량처럼 던전 주위를 돌아다니고 있었다.

마수들이 하루에도 몇 번씩 쳐들어오던 때를 그리워하는 부대원도 있었다.

하긴 저렇게 하릴없이 있으면 지겹지.

나도 지겨운데 부대원들도 지겨운 게 당연하지.

지겨움에 지쳐 다시 하루를 보냈고, 드디어 반가운 소식을 네르키스가 전해왔다.

"마지막 남은 파오르로 추정되는 마수를 발견했다. 이 마수만 봉인시키면 돌아가도 된다."

"드디어 마지막 남은 놈인가요? 최상급 마수라는 놈이 지금까지 잘 숨어 다녔네요. 바로 출발하죠."

네르키스는 나의 어깨를 붙잡았고, 우리는 마지막 파오르가 있는 곳으로 텔레포트를 했다.

이미 그곳에는 다른 드래곤들이 마지막 파오르의 종말을 지켜보기 위해 우리를 기다리고 있었다.

관객은 충분히 모였다.

이 세계에서 가장 강한 드래곤이라면 몇 되지 않는 관객이 긴 하지만 만족스러웠다.

마수와의 전쟁을 종결지을 주인공으로 내가 낙점되었고, 나는 그들에게 화려한 종말을 보여주기 위해 파오르의 앞으로 걸어갔다.

이미 파오르는 드래곤들과 나의 존재를 발견하고 인간의 형태로 변신해 있었다.

마지막 남은 파오르답게 지금의 상황을 단번에 이해하고 최종 형태로 변신해 있었다.

처음 상대한 파오르를 제외하고 인간의 형태로 봉인당하는 파오르는 이 파오르가 처음이다.

"오래 찾아다녔다고. 최상위 마수라는 놈이 도망 다니는 것만 배웠나. 어디서 그렇게 숨어 있었던 거냐?"

"난 숨지 않았다. 단지 기회를 노리고 있었을 뿐이다. 네가 우리 마수들을 봉인시킨 존재인가? 드래곤으로는 보이지 않는데, 너는 누구냐?"

"내가 누군지 알 필요 없잖아. 봉인되면 다른 파오르들에게 물어보라고. 봉인 상자 안에서 서로 교류할 수 있다면 말이야."

봉인 상자 안이 어떤 구조로 되어 있는지는 모르겠지만 모든 마수는 봉인 상자 안에서 반상회를 하게 될 것이고, 지금 눈앞에 있는 파오르도 그 반상회의 참석 인원이 될 것이다.

"그렇군. 네가 누군지는 중요하지 않지. 죽은 자의 이름을 기억하는 취미는 없다. 와라."

마지막 남은 파오르는 단호한 표정으로 나에게 손짓했다.

아직 감이 오지 않나 본데, 지금 상황에서 허리를 펼 수 있는 존재는 파오르가 아니라 나였다.

"네가 와라. 약자에게 선수를 양보하는 것은 강자의 미덕이지. 한 수 구경해 줄 테니까 최고의 공격을 펼치는 것이 좋을 거야. 괜히 봉인 상자 안에 갇혀서 후회하지 말고."

파오르는 자신을 무시하는 나의 발언에 심기가 불편해졌는지 나에게 사정없이 달려왔다.

강한 육체의 기운을 가지고 있는 인간 형태의 파오르의 공격은 확실히 위협적이었다.

하지만 나를 어떻게 할 정도의 힘을 가지고 있지는 못했다.

나는 몸을 열어 그가 내지르는 주먹을 그대로 허용했다.

턱!

둔탁한 돌멩이를 때리는 계란 소리가 그의 주먹에서 났다.

당황한 듯한 파오르.

나는 그를 바라보며 안쓰럽다는 표정을 지어주었다.

"이게 끝이야? 최선을 다한 공격을 하라고 했잖아. 이제 더는 기회가 없어."

파오르의 주먹을 한 손으로 잡고 그대로 꺾어버렸다.

그리고 동시에 마룡의 불꽃을 일으켜 그의 입안으로 박아 넣었다.

입을 앙다물고 열지 않으려는 그의 입에 주먹을 박아 넣어 벌렸다.

파오르의 이빨이 부서져 떨어져 나가며 그의 입에서 피가 철철 흐르기 시작했다.

하지만 다행히 마룡의 불꽃이 더는 피가 나지 않도록 상처 부위를 태워 버렸다.

"크아아아아아!"

"비명 소리 한번 차지네. 나머지 비명은 봉인 상자 안에서 지르는 걸로."

나는 파오르에게 마지막 일격을 가했다.

발에 마룡의 불꽃을 가득 담고 그의 척추를 반으로 접어버렸다.

이 공격으로 파오르는 바로 상태 이상에 빠져 버렸고, 나는 봉인 상자를 품에서 꺼내 마지막 남은 파오르를 봉인시켰다.

짝짝짝!

드래곤들이 박수를 치며 하늘에서 내려왔다.

멋진 영화를 보고 난 후의 관객이라면 당연히 박수를 쳐야 한다는 것을 아는 그들에게 매우 만족스러웠다.

"수고했다. 이제 남은 마수들은 우리가 정리하겠다."

"네, 수고하세요. 아직 남은 마수들이 적지 않긴 하겠지만 전지전능한 드래곤이시라면 충분히 정리할 수 있을 겁니다. 저희는 이만 돌아가 볼게요."

마지막 남은 파오르까지 봉인시킨 마당에 이곳에 더 있을 이유는 존재하지 않았다.

"그래, 수고했다. 내가 너에게 줄 선물을 준비했다. 이곳으로 오거라."

선물?

네르키스가 준 선물은 항상 나를 만족시켰다.

목걸이도 그랬고 마룡의 피도 그랬다.

이번에는 어떤 선물로 나를 웃음 짓게 할지 기대하며 네르키스와 다른 드래곤들이 있는 곳으로 걸어갔다.

"여기에 서 있어라. 이것이 우리가 너에게 주는 마지막 선물이다."

거대한 마법진이다.

그 중심에 나를 세우는 네르키스였다.

이 마법진이 어떤 선물이라는 걸까?

네르키스와 다른 드래곤들이 심혈을 기울여 만든 선물이니 절대 작은 선물은 아닐 거라는 생각이 들었다.

잔뜩 기대하고 있는 나를 두고 드래곤들은 드래곤 하트에서 끊임없이 마나를 뽑아내기 시작했다. 일전에 파오르를 상대하기 위해 만든 마법진보다 더 많은 마나가 마법진 안으로 쏟아져 들어갔다.

그 중심에 서 있는 나는 그들의 마나를 몸으로 직접 느낄 수 있었다.

드래곤들의 마나를 나에게 주려고 하는 건가?

굳이 그러지 않아도 되긴 하는데 그래도 준다니까 받아야지.

이 마법진이 어떤 역할을 하는지 정확히 이해할 수는 없었지만 드래곤들의 힘을 나에게 전이시켜 주는 마법진이라고 대충 예상할 수는 있었다.

드래곤들은 정말 끊임없이 마나를 마법진 안으로 쏟아부었다.

삼십 분이 지나고 한 시간이 지났지만 여전히 드래곤들은 마나를 마법진 안으로 집어넣고 있고, 한 마리의 드래곤은 탈진했는지 바닥에 드러눕기까지 했다.

얼마나 큰 선물을 주려고 대기 시간이 이렇게 긴 거야?

아, 가슴 떨려. 오랜만에 이렇게 큰 선물을 받으려고 하니 심장이 진정이 안 되네.

떨리는 가슴을 들키지 않기 위해 괜히 굳은 표정으로 먼 산을 바라봤다.

그렇게 십 분가량을 더 기다리니 드디어 마법진에서 빛이 생겨나기 시작했다.

"이것이 우리가 너에게 주는 마지막 선물이다. 받아들여라."

네르키스가 저렇게 말하지 않아도 이미 마음의 준비는 한참 전에 끝내놓은 상태였다.

마법진에서 빛이 쏟아져 나오며 마법진의 중심에 있는 나를 향해 모여들었다.

정말 강대한 기운이었다.

어떤 방식으로 이 힘이 나에게 들어올지 기대가 되었다.

나는 완전히 몸을 열고 그 기운을 받아들였다.

조금이라도 더 기운을 받아들이기 위해 숨을 힘껏 들이마시기도 했다.

그러자 나를 감싸고 있던 빛이 나의 몸속으로 들어오기 시작했다.

나는 그 빛이 몸 안에서 더 자리를 잘 잡게 하기 위해 빛을 몸 안에서 빠르게 회전시켰다. 끊임없이 몸 안으로 들어오는 빛.

너무 많은 기운을 받아들여서인지 몸이 조금씩 무거워졌다.

몸은 물론이고 머리까지 점점 둔해졌다.

기억이 단편적으로 끊기기 시작했다.

무언가 이상했다. 기운을 나에게 주기 위해서라면 이런 반응이 올 리가 없었다.

"네르키스 님, 조금 이상합니다. 몸과 머리가 점점 무거워
지고 있어요. 원래 이런 건가요, 아니면 무언가 잘못된 게 아
닙니까?"

"잘못되지 않았다. 우리를 믿어라."

자신들을 믿으라고 말하는 네르키스의 표정에 알지 못하
는 슬픔이 묻어 있었다.

그 순간 나는 눈치챘다.

그가 저런 표정을 지을 이유는 하나였다.

"지금 저를 봉인시키려고 하는 겁니까!? 도대체 저한테 왜
이러는 겁니까, 이 미친 드래곤들아!"

드래곤들이 만든 마법진에서 만든 빛이 나를 구속하고 있
었다. 몸을 제대로 움직이지도 못하게 하고 머리를 굳게 만들
고 있었다.

마수들을 상태 이상에 빠뜨리는 것처럼 나를 상태 이상으
로 만들려는 것이다.

믿기지가 않았다. 나는 이 세계의 균형을 위해 평소 친분이
있던 네르키스를 도와 마수들과의 힘든 전투를 치렀다.

그런데 드래곤들이 나에게 준 선물은 배신이었다.

그들이 나를 왜 봉인시키려는지 이유를 묻고 싶었다.

"왜 이러는 겁니까? 저를 봉인시키려는 이유가 뭐냔 말입
니다!"

"미안하다. 너는 세계의 균형에 위배되는 존재가 되어버렸다. 마수들보다 네가 더 위험하다고 우리는 판단했다."

혹시나 하는 생각이 들었다. 뱀파이어 로드가 마수를 봉인시킨 이후 행방불명이 된 이유가 드래곤들에게 있을 것 같다는 생각이 들었다.

"뱀파이어 로드도 이렇게 봉인시켜 버린 겁니까? 그에게 한 짓을 저에게 하는 거냔 말입니다!"

"그렇지 않다. 뱀파이어 로드도 너와 마찬가지로 세상의 균형에 위배되는 존재였고, 우리는 그를 다른 차원으로 이동시켰다. 아마 네가 사는 세상이었을 거라고 예상된다. 나는 너를 다른 세상으로 이동시키자고 주장했지만 다른 드래곤들의 반대에 어쩔 수 없이 너를 봉인하기로 했다."

무언가 더 묻고 싶은 것이 많다고 느꼈지만 머리가 제대로 움직이지를 않았다.

마법진이 뇌세포의 움직임을 방해하고 있었다.

점점 잠이 왔다.

잠이 오는 건지 마비가 되어가고 있는 건지 모르겠지만 점점 눈이 감겨왔다.

"마지막으로 하나만 묻겠습니다. 저희 부대원과 드래고니안들은 어떻게 하실 생각입니까?"

마법진에 이미 기운과 힘을 사용할 수 없는 상황이 되어버렸다.

지금 가장 걱정되는 것은 부대원들이었다.

"그들에 대한 걱정은 하지 마라. 그들 모두 강한 힘을 가지고 있긴 하지만 세상의 균형에 위배될 만큼의 힘은 가지고 있지 않다. 그리고 그들이 이 세계의 균형을 위해 노력한 것은 사실이다. 그러니 그들에게는 우리가 줄 수 있는 보물을 줄 것이다. 너는 그런 걱정은 하지 말고 편안히 쉬도록 해라."

"씨발."

욕지거리 한마디를 내뱉는 것을 마지막으로 기억이 완전히 끊어졌다.

제10장
마룡 출현

잠에서 깨어날 때면 눈꺼풀이 항상 무거웠다.

마룡의 힘을 가졌어도, 최상의 마수의 힘을 흡수했어도 눈
꺼풀이 무거운 것 변하지 않았다.

힘들게 눈을 떴다.

눈을 뜨면 찾아와야 하는 빛이 보이지 않았다.

온통 어둠뿐이다.

어둠이 싫지는 않았다. 어둠은 나를 강하게 만들어주는 원
천 중의 하나였다.

하지만 해저에 갇힌 듯한 어둠은 반갑지 않았다.

"누구 있나요?"

막힌 공간은 아닌지 내 목소리가 메아리가 되어 돌아오지는 않았다.

어떤 형태로 되어 있는 공간인지 가늠이 되지 않았다.

옆에 누가 있는 걸까?

얕은 숨소리가 들려왔다.

어둠에서 빛을 내기 위해 기운을 끌어 올리려고 했지만 몸속에 남아 있는 기운이 얼마 되지 않았다. 드래곤들이 만든 마법진에 당하기 직전의 상황이다.

아주 미약한 기운만이 남아 있다.

이런 기운을 가지고 몸을 움직일 수 있다는 게 신기할 따름이다.

나는 얕은 숨소리를 내는 존재를 향해 천천히 기어갔다.

아직 완전히 움직이지 않는 다리였기에 낮은 포복으로 이동할 수밖에 없었다.

누구일까?

앞이 보이지 않는 상태에서 내가 할 수 있는 것은 손의 촉감으로 상대를 파악하는 방법밖에 없었다.

나는 조심스럽게 얕은 숨소리를 내는 존재의 몸을 더듬었다.

몸을 더듬기 시작하고 얼마 되지 않아 얼굴이라고 생각되는 부분을 찾을 수 있었다.

나는 오뚝하지는 않지만 그렇다고 뭉땅하지도 않은 코를

매만진 후 찰랑거리는 머릿결과 굴곡 하나 없는 피부를 지나 입에 손을 가져다 대었다.

어디선가 본 듯한 입술을 가지고 있는 그다.

기억이 났다. 나에게 비웃음을 날리던 파오르의 입술이 분명했다.

여기가 어디일지 감이 왔다.

여기는 봉인 상자 안이었다.

나를 상태 이상에 빠지게 만든 드래곤들이 봉인 상자 안에 나를 마수들과 함께 가둔 것이다.

허탈한 마음에 마수의 얼굴을 만지는 손을 내려놓고 한참이나 생각에 빠졌다.

나를 왜 이곳에 가둬야만 했을까.

드래곤들이 생각하는 세상의 균형이라는 게 도대체 무엇을 의미하는지 알고자 했다.

하지만 아무리 머리를 사용해도 답이 나오지 않았다.

내가 드래곤이 되지 않는 이상 그들의 생각을 알 수가 없었다.

파오르의 옆에서 한참이나 앉아 있자 조금이지만 힘이 돌아왔다.

흡수한 마수들의 힘은 돌아오지 않았지만 오행의 기운은 조금씩 돌아오기 시작했다.

마수들이 여기서 눈을 뜨지 못하고 있는 이유를 알 것만 같았다.

이 봉인 상자는 마수들의 힘을 억제하는 능력을 가지고 있는 것 같았다.

그러니 이들이 상태 이상에서 빠져나오지 못하고 있는 것이다.

봉인 상자를 빠져나갈 방법이 있을까?

이런 상황이 처음은 아니다.

열한 명의 제자 중 생명의 수호자가 나를 생명의 구슬 안에 가두었을 때와 다르지 않은 상황이다. 단지 밝은 곳에서 어두운 곳으로 장소만 바뀐 것뿐이다.

이곳을 빠져나가기 위해서는 어떻게 해야 할까?

생명의 구슬에서는 죽음의 기운을 이용해 생명의 구슬의 생명력을 흡수해 빠져나올 수가 있었다.

하지만 지금은 죽음의 기운이 내 몸 안에 있지 않았다.

그렇다면 오행의 기운을 이용해 이곳을 빠져나가는 수밖에 없었다.

열한 명의 제자와 마수들과의 전투에서 큰 힘을 발휘하지 못한 오행의 기운이었지만 결코 약한 힘이 아니었다.

나는 오행의 기운이 완전히 돌아오기만을 기다려야 했다.

기운이 재생되는 속도는 느렸다. 성급하게 기운을 사용했다가는 더 오랜 시간 이곳에 갇혀 지내게 될지도 몰랐다.

나는 파오르의 옆에 자리를 깔고 가장 편한 자세로 기운이 돌아오기만을 기다렸다.

얼마나 기다렸을까?

오행의 기운 말고 다른 기운 하나가 느껴지기 시작했다.

바로 마룡의 기운이었다.

마룡의 기운은 오행의 기운보다 훨씬 느리게 재생되고 있었지만 재생되고는 있었다.

오행의 기운과 마룡의 기운을 온전히 사용할 수 있다면?

탈출이 가능할 것도 같았다.

단지 오행의 기운을 사용하는 것보다 마룡의 기운과 함께 사용하는 것이 탈출 가능성을 더 높여줄 것이다.

이제는 기다려야 했다.

얼마나 기다려야 완벽하게 기운이 돌아올지 모르겠지만 기다려야 했다.

완벽히 힘을 복구해 이곳을 빠져나가 드래곤들에게 물어보고 싶었다.

왜 나를 이곳에 가둬야만 했는지, 내가 왜 세계의 균형을 무너뜨릴 존재인지 물어봐야 했다.

그들의 대답이 내 마음에 들지 않는다면 나에게 많은 도움을 준 네르키스라 할지라도 자연으로 돌아가야 할 것이다.

그들의 죽음으로 황폐해진 땅을 복구시켜 버릴 것이다.

*   *   *

파오르가 사라진 지 10일이 지난 몬스터 월드는 아직도 많은 마수들에 의해 몸살을 앓았다.

하지만 유일하게 몸살을 앓지 않는 곳이 있었다.

네르키스의 던전.

그곳만이 유일하게 마수들이 침범하지 못하고 있었다.

드래곤들과 드래고니안뿐만 아니라 조직화된 엘프와 드워프들의 보금자리가 있는 그곳으로 간다는 것은 자살 행위나 다름없었다.

아무리 지능이 낮은 마수들이라고 할지라도 본능적으로 네르키스의 던전을 찾아가지는 않았다.

마수들이 침범하지 않는 네르키스의 던전은 조용했다.

엘프와 드워프들은 자신들의 보금자리를 네르키스의 던전 주위에 잡기는 했지만 거리가 있었다. 다른 드래곤들은 마수들을 찾아 봉인시키기 위해 움직였고, 드래고니안은 엘프와 드워프들의 보금자리가 안전해질 때까지 상주하며 그들을 보호했다.

부대원들은 모두 자신의 집이 있는 지구로 넘어갔고, 네르키스의 던전은 적막감이 흘렀다.

다른 드래곤과는 달리 마수의 봉인을 위해 움직이지 않고 있는 네르키스.

그는 드래곤답지 않게 슬픈 표정을 하고 있었다.

다른 종족들과 끊임없이 교류하는 네르키스는 다른 드래곤과 달리 정이라는 감정이 있었다.

그래서인지 자신의 부탁을 받고 온 추용택을 봉인한 것에 대한 죄책감을 느끼고 있는 것이다.

그런 그의 옆에는 리치만이 자리를 지키고 있었다.

"네르키스 님, 꼭 추용택을 봉인시켜야만 했습니까? 그는 절대 세상의 균형을 깨뜨리지 않을 것이라는 것을 잘 알고 있지 않습니까."

안 그래도 죄책감을 느끼고 있는 네르키스에게 리치마저 싫은 소리를 하고 있다.

네르키스는 멍한 눈으로 리치를 바라보며 말했다.

"어쩔 수 없는 선택이었다. 나도 그가 세상의 균형을 깨뜨릴 존재가 아니라는 것은 잘 알고 있지만 다른 드래곤들은 그렇게 생각하지 않고 있다. 대다수 드래곤의 의견을 존중해 주어야 했다. 그가 가지고 있는 힘이 우리가 제어할 수 없는 종류라는 것을 알고 있기에 그들의 의견에 반대할 수가 없었다."

변명이다. 드래곤의 입에서 나왔다고 하기에는 너무도 구차한 변명이 네르키스의 입에서 나왔다.

살점이 붙어 있지 않은 리치의 얼굴이기에 그의 마음이 얼굴에 나타나지는 않았지만 그가 분노하고 있다는 것을 네르키스는 느낄 수 있었다.

네르키스는 리치의 생명의 은인이다.

살아 있는 시절, 아름다운 모습을 하고 있던 엘프로 살고 있던 시절부터 리치는 네르키스를 따르고 좋아했다.

하지만 지금 리치는 네르키스에게 분노하고 있었다.

그가 아무런 말을 하지 않고 있지만 네르키스는 직접 욕을 들은 것보다 더 심한 마음의 상처를 입었다.

"더는 그 이야기를 꺼내지 말아다오. 나도 힘들구나."

힘없이 내뱉는 네르키스의 말에 리치는 몸을 돌려 자신의 실험실로 들어갔다.

리치는 분노를 가라앉히고 실험에 몰두하기 시작했다.

지금의 감정을 실험으로 풀고 있는 것이다.

*　　　*　　　*

익숙한 어둠이 이제는 편하게 느껴지기까지 했다.

이곳에서 지낸 시간이 얼마나 되었는지는 알지 못했지만 최소 며칠은 된 것 같았다.

시간을 가늠할 방법이 마땅치 않았기에 하루가 지나지 않았을 수도, 아니면 몇 달이 지났을 수도 있었지만 내 예상으로는 일주일 정도의 시간이 지났을 거라고 판단되었다.

오행의 기운은 이미 완벽히 되찾았다.

하지만 마룡의 기운은 재생되는 속도가 너무 느렸다.

오늘이 돼서야 마룡의 기운이 제 기운을 찾았다.

마룡의 기운이 재생되는 동안 나는 봉인 상자의 이곳저곳을 구경했다.

불의 기운을 약간 소모해 빛을 밝히며 다녔는데 엄청난 수의 마수가 이곳에 잠들어 있었다.

일반 마수들은 물론이고 세 마리의 파오르까지.

이들이 풀려난다면 몬스터 월드는 끝이 나는 것과 다르지 않았다.

내 도움 없이는 드래곤들이 마수들을 막아내지 못할 것이다.

한 마리의 파오르를 속박시키기 위해서 두 마리의 드래곤이 자연으로 돌아갔다.

여기 있는 마수들이 모조리 밖으로 빠져나가는 순간 몬스터 월드는 마수들의 손에 넘어가게 될 것이다.

몬스터 월드의 종말?

내가 상관할 바가 아니었다.

나와 연관이 있는 엘프들과 드워프들을 도시로 불러들이기만 하면 몬스터 월드가 멸망하든지 말든지 신경 쓰고 싶지 않았다.

이제는 봉인을 풀 시간이 찾아왔다.

나는 마룡의 기운과 오행의 기운을 모조리 끌어 올렸다.

한 방울도 남기지 않고 쥐어짜 내었다.

그러고는 바닥을 향해 쏟아내었다.

오행의 기운이 서로를 감싸 안으며 오색의 빛을 뿜어내었고 그 속에서 마룡의 기운이 일렁거렸다.

이 기운이라면 드래곤이라도 한 방에 죽일 수 있었다.

쿠—웅!

엄청난 타격음이 바닥에서 울려 퍼졌고, 지진이라도 난 것처럼 사방이 흔들렸다.

끝이 없이 넓은 이곳 전체가 흔들리고 있는 것이다.

조금만 더 힘을 주면 봉인 상자가 열릴 것 같았다.

이미 모든 힘을 사용한 후였기에 내가 할 수 있는 것은 오행의 기운과 마룡의 불꽃이 더 힘을 내주기를 응원하는 것뿐이다.

"조그만 더 하면 된다. 이곳을 빠져나가 드래곤들에게 죄를 물어야 한다. 조금만 더 힘을 내줘."

내 응원과는 달리 기운은 조금씩 작아지고 있었다.

조금만 더 벽을 두드리면 깨질 것 같던 이곳은 언제 그랬냐는 듯 편안한 상태로 변해 있었다.

"안 돼! 이곳에서 평생 썩기는 싫다고! 제발 날 내보내 줘!"

* * *

리치가 실험실에 들어간 지 한 달이라는 시간이 지나갔다.

그는 실험실 안에서 한 발자국도 나가지 않았다.

그는 오로지 실험에만 몰두하고 있었다.

그런 그의 모습을 네르키스는 신경 쓰지 못하고 있었다.

그는 자신의 마음을 다잡을 여유도 없었다.

조금씩 네르키스의 방대한 정신이 붕괴되고 있었다.

죄책감과 명분 사이에서 혼란스러워하는 그의 머리는 복잡해졌고 눈은 초점을 잃어버렸다.

미쳐 가고 있는 것이다.

자신이 직접 가둔 마룡과 다르지 않은 모습으로 변해가고 있는 네르키스였다.

네르키스가 던전 밖으로 뛰쳐나갔다.

그는 인간의 형태이던 몸을 키워 본체로 변했다.

하늘을 날기에는 작은 날개를 가지고 있는 그는 하늘을 나는 법을 잊어먹은 듯이 다리를 이용해 뛰어다니고 있었다.

그는 한참이나 뛰어다녔고, 얼마 남지 않은 마수들을 발견할 수 있었다.

"너희들은 누구냐? 어디서 본 듯한 모습인데 너희들의 이름이 무엇이냐?"

네르키스의 질문에 마수들은 대답하지 못했다.

유일하게 말을 할 수 있는 파오르가 모조리 봉인당한 상태에서 네르키스의 질문에 대답해 줄 마수는 남아 있지 않았다.

"너희들이 누군지 모르겠지만 내 본능이 너희들을 죽이라고 시키고 있다. 너희들은 살아 있으면 안 되는 존재들이다. 죽어라."

네르키스는 마법을 사용하는 법을 기억해 내지 못하고 있었지만 본능적으로 마나를 끌어 올려 마나탄을 마수들에게 쏘아 보냈다.

칼리스나 드래니스도 없는 일반 마수들이 네르키스가 쏘아내는 마나탄을 감당할 수 있을 리 없었다. 마수들은 마나탄에 직격으로 맞아 상태 이상에 빠졌다.

하지만 네르키스는 마나탄을 쏘아내는 것을 멈추지 않았다.

아직 마수들이 죽지 않았다는 것을 알고 있는 것이다.

마수들의 형체가 완전히 사라질 때까지 그는 마나탄을 쏘아 보냈고, 마수들은 자연의 기운으로 변해 몸을 숨겼다. 내일 아침 해가 뜨면 그들은 다시금 육체를 찾아 움직일 것이다.

하지만 네르키스는 그 사실을 모르고 있었다.

그는 마수들이 사라진 곳을 벗어나 다시 뛰기 시작했다.

네르키스는 몸을 움직일 때마다 상쾌한 기분을 느꼈다.

상쾌해지는 기분과는 달리 그의 정신은 빠르게 붕괴되었다.

이제는 마수는 물론이고 몬스터들에게도 마나탄을 쏟아붓는 그였다.

보이는 모든 생명체를 죽일 듯이 움직이고 있었다.

마법을 사용하지 못하는 그였지만 그런 그를 막을 수 있는 존재는 다른 드래곤을 제외하고는 없었다.

그가 사방을 어지럽히며 뛰어다니는 동안 다른 드래곤들은 잔존해 있는 마수들을 봉인시키기 위해 움직이고 있었다.

그들이 미쳐 가고 있는 네르키스의 모습을 발견하려면 오랜 시간이 지나야 될 것이다.

그때가 되면 네르키스는 완벽한 마룡의 모습을 하고 있을 것이다.

다른 드래곤들이 자신의 동료였다는 사실을 기억해 내지 못한 채 그들에게 공격을 퍼부을 것이다.

적과 아군의 개념을 상실하고 오로지 본능에 이끌려 파괴만을 일삼는, 그것이 바로 마룡이었다.

네르키스가 가장 혐오하던 마룡의 모습으로 그는 변하고 있었다.

*   *   *

네르키스가 움직였다.

뒤뚱뒤뚱.

여전히 하늘을 나는 법을 기억해 내지 못하는 그였다.

드래곤답지 않게 두 발을 이용해 뛰어다니는 그의 모습은 웃음을 짓게 하기에 충분했다.

하지만 아무도 그의 그런 모습을 보고 웃음을 지을 수 없었다.

웃음을 짓기도 전에 그의 공격을 받아야만 했다.

네르키스는 마수들을 피해 겨우 수를 유지하고 있던 오크부락을 초토화시키고는 다시 주위를 두리번거렸다.

멀지 않은 곳에 강대한 기운이 느껴졌다.

지금까지 한 번도 느껴보지 못한 기운이다.

자신의 기운과 비슷한 정도의 기운을 가진 존재가 누구인지 궁금한 네르키스였다.

그는 짧은 다리를 열심히 놀려 기운이 느껴지는 곳으로 이동했다.

그곳에 있던 존재가 네르키스에게 알은척을 했다.

"아니, 네르키스, 왜 그런 모습을 하고 있는 거지? 꼴은 왜 그렇고? 마수들과의 전투에서 피해라도 입은 거야? 던전으로 돌아가 조금 쉬는 게 좋아 보인다. 이 주변의 마수는 이미 내가 다 정리했다."

네르키스에게 말을 걸고 있는 존재는 드래곤이었다.

마수와의 전쟁을 위해 직접 그의 던전으로 와서 그를 설득한 네르키스였다.

하지만 지금 네르키스는 자신에게 말을 걸고 있는 드래곤이 누구인지 알지 못했다.

아니, 그가 드래곤이라는 사실도 알지 못하고 있었다.

"너는 누구인가? 내 이름이 네르키스인가?"

여전히 초점이 풀린 눈으로 자신의 이름을 묻고 있는 네르키스가 이상하다는 것을 단번에 파악한 블루 드래곤은 네르키스의 상태를 살피기 위해 그에게 다가갔다.

"무슨 일이야? 자네 오늘 정말 이상하네."

블루 드래곤이 네르키스의 몸을 살피기 위해 네르키스의 몸에 손을 가져다 대었다.

그 순간 초점이 없던 네르키스의 눈에서 광기가 일어났다.

자신에게 다가오는 블루 드래곤의 손길을 적의라고 생각한 그였다.

"내 몸에 손대지 마라. 죽인다, 너를."

네르키스를 걱정하고 있던 블루 드래곤은 무방비 상태에서 네르키스의 마나탄을 고스란히 몸으로 받아야만 했다.

마법을 사용하지 못하는 네르키스였지만 그렇다고 해서 마나가 줄어들지는 않았다.

오히려 광기에 빠진 순간 네르키스의 마나는 급상승했다.

광기에 빠진 순간 그의 몸을 제어하는 나사가 풀려 버린 것이다.

네르키스에게 한계는 사라졌다.

드래곤 하트에서 뿜어져 나오는 검게 오염된 마나가 블루 드래곤의 몸을 향해 쏟아져 나갔다.

검게 물든 마나탄이 블루 드래곤의 몸을 관통했다.

블루 드래곤은 제대로 비명도 지르지 못하고 자연으로 돌아가야만 했다.

자신의 동료를 자신의 손으로 죽인 네르키스였지만 그에게서 죄책감이나 후회 같은 감정은 전혀 느껴지지 않았다.

그는 피 냄새에 빠져 있었다.

광기에 빠져 있는 그의 눈이 점점 더 어둡게 변하고 있다.

이제는 완전히 광룡이라고 불러도 손색이 없는 모습이었다.

가장 강한 드래곤이라고 추앙되는 네르키스가 가장 강한 광룡으로 변해 버렸다.

네르키스는 한참이나 피 냄새를 맡고는 몸을 움직였다.

싫증이 난 것이다. 새로운 피를 갈구하고 있었다.

약한 몬스터나 제대로 피를 흘리지 않는 마수의 피는 보고 싶지 않은 그였다.

그가 원하는 것은 드래곤의 피였다.

방금 맡은 피 냄새를 다시 맡고 싶어 하는 그였다.

그는 드래곤의 기운을 찾아 몸을 움직였다.

아직 다른 드래곤들은 네르키스가 광기에 빠졌다는 사실을 알지 못했다.

위험한 폭탄이 걸어 다니고 있다.

그것도 드래곤들의 목숨을 노리는 폭탄이.

네르키스가 미쳐 돌아다닌 지 한 달이 지났다.

그동안 피해를 입은 드래곤의 숫자가 세 마리를 넘어갔다.

마수와의 전쟁에서 네르키스와 합류하지 않고 자체적으로 방어하던 드래곤들이 있었고, 그들은 갑자기 방문한 네르키스의 손에 의해 자연으로 돌아가 버렸다.

그들이 죽는 마지막 순간 그들의 눈에서는 왜 이런 짓을 하는지 네르키스에게 물어보고 있었다. 하지만 네르키스는 그들의 질문에 대답해 주지 않았다.

말을 하는 것보다 피 냄새를 맡는 것이 급한 그였다.

그리고 지금 네 번째 피해자가 생겨나기 직전이다.

네르키스에게 가장 먼저 찾아온 자는 그린 드래곤으로 그는 네르키스의 모습을 발견하고 그를 향해 다가갔다.

그린 드래곤은 자신이 지옥의 입구에 머리를 집어넣고 있다는 사실도 모른 채 오랜만에 만나는 네르키스의 모습에 반갑게 다가가고 있었다.

그가 이상함을 느낀 것은 네르키스의 근처에 다가와서다.

이상함을 느낀 그린 드래곤은 약간의 경계를 한 채로 네르키스와 대화를 하려고 했고, 그 순간 네르키스의 손에서 마나탄이 발사되었다.

그린 드래곤은 약간의 경계를 한 덕분에 마나탄을 직격으로 받지 않았다.

조금의 차이가 그린 드래곤의 목숨을 구했다.

그는 네르키스가 광기에 빠져들었다는 것을 단번에 알아차렸다.

광기에 빠진 드래곤을 직접 목격한 것은 처음이지만 네르키스의 눈을 보는 순간 그가 마룡이 되었음을 직감할 수 있었다. 그는 광기에 빠진 네르키스의 손을 피하기 위해 자신의 던전으로 텔레포트했다.

네르키스는 한순간에 사라진 그린 드래곤을 찾기 위해 주위를 두리번거렸다.

마법에 대한 지식이 머리에서 사라졌기에 그를 쫓아갈 방법을 찾아내지 못했다.

네르키스는 혀로 입술을 적셨다.

아쉬운 것이다. 강한 기운을 가지고 있는 드래곤의 피를 보지 못한 것이 아쉬웠지만 그는 분노하거나 실망하지는 않았다.

그저 다시 뒤뚱거리며 앞으로 나아갈 뿐이었다.

제11장
네르키스

그린 드래곤은 자신의 던전에 가까스로 도착할 수가 있었
다.

한 발만 늦었으면 마나탄에 자신의 육체가 붕괴되었을 생
각을 하니 식은땀이 흐르는 그였다.

"이럴 때가 아니지. 네르키스가 광기에 빠졌다는 사실을
다른 드래곤들에게 알려야 해."

그린 드래곤은 마나탄에 휩쓸려 피가 흐르고 있는 옆구리
를 마법으로 간단히 지혈하고는 다른 드래곤들의 던전으로
이동했다.

대부분의 드래곤들이 마수 토벌을 위해 나가 있는 상태이

기에 많은 수의 드래곤에게 네르키스가 광기에 빠졌다는 사
실을 알리지는 못했지만 세 마리의 드래곤에게 그 사실을 알
릴 수 있었다.

그 사실을 들은 다른 드래곤들이 일제히 몸을 날렸다.

그들의 노력으로 남아 있는 드래곤들이 모두 한곳에 모일
수 있었다.

열 마리가 조금 넘는 드래곤.

그들이 모인 장소는 다름 아닌 네르키스의 던전이었다.

동물만이 회귀 본능이 있는 것이 아니었다.

살아 있는 모든 생명체는 결국 집으로 돌아오고 싶어 하는
마음이 들 거라고 생각하는 드래곤들은 네르키스의 던전에서
그를 기다리기로 했다.

드래곤들이 던전 주위에서 진을 치고 있자 리치가 실험실
밖으로 나왔다.

무슨 상황인지 알지 못하는 리치는 평소 친분이 있던 그린
드래곤에게 이유를 물었다.

"무슨 일입니까, 카리야스 님? 마수와의 전쟁이 다시 시작
되기라도 했습니까?"

그린 드래곤은 아직 네르키스가 광룡으로 변했다는 사실
을 모르고 있는 리치에게 그의 변화를 설명해 주었다.

"정말입니까? 네르키스 님이 광기에 빠졌다는 말씀입니
까? 그럴 리가 없습니다. 네르키스 님이 마룡을 얼마나 증오

하는지 잘 알고 계시지 않습니까."

"알고 있었지, 네르키스가 얼마나 마룡을 증오하는지. 하지만 그는 자신이 가장 증오하는 존재가 되어버렸다."

허탈한 표정을 지을 수밖에 없는 리치였다.

그는 자신의 행동에 후회했다.

추용택을 봉인시켰다는 것에 큰 분노를 느껴 네르키스와 제대로 대화를 하지 않은 자신을 자책했다.

드래곤들과 리치가 네르키스를 기다린 지 두 달이 지나고 드디어 네르키스가 자신의 던전으로 돌아오고 있었다.

그의 모습을 멀리서부터 지켜보고 있던 드래곤들은 네르키스를 잡기 위한 마법진을 가동시키기 시작했다.

이미 마수와의 전쟁에서 빛을 발한 마법진보다 더 강력한 마법진이 만들어졌다.

무려 열 마리의 드래곤이 힘을 합쳐 만든 마법진이다.

그들은 드래곤 하트의 마나를 모조리 쏟아부어 마법진의 완성도를 높였고, 네르키스를 잡을 거라는 데 한 치의 의심도 하지 않았다.

"그가 오고 있습니다. 마법진을 가동시켜야 합니다."

네르키스는 자신의 목숨에 비수를 꽂을 마법진이 던전 주위에 펼쳐져 있다는 사실도 모른 채 던전으로 걸어오고 있었다.

그는 여전히 광기에 빠진 눈을 하고 있었다.

아직도 마법을 사용하는 법을 모르는지 그는 두 다리를 이용해 걸어오고 있었다.

"여기가 어디지? 익숙한 곳이다. 여기가 나의 집인가?"

네르키스는 혼잣말을 중얼거리며 던전으로 들어왔다.

지금이었다.

네르키스가 던전 안으로 들어오는 순간 마법진은 가동되었고, 네르키스의 몸을 속박할 마법진에서 빛이 뿜어져 나왔다.

최상위 마수라는 파오르의 목에 목줄을 맨 그 마법이다.

목줄을 매이게 되면 몸에 있는 기운을 사용하지 못하게 된다. 그뿐 아니라 육체의 움직임도 제한된다.

네르키스는 자신에게 빠르게 다가오는 마법의 빛이 무엇인지 몰랐지만 본능적으로 피해야 한다고 생각했다.

광기에 빠진 후 한 번도 제대로 된 마법을 사용하지 못하던 네르키스가 공중으로 날아올랐다. 비행 마법을 사용하고 있는 것이다.

머릿속에서 마법을 사용하는 법이 지워졌지만 본능은 아직 그것을 기억하고 있는 것이다.

네르키스가 하늘로 날아올랐지만 마법진의 빛을 완전히 피할 수는 없었다.

하늘 위도 마법진의 사정거리 안이었다.

계속해서 따라오는 빛을 피해 하늘 위로 날아오르는 네르키스였지만 그는 곧 알게 되었다.

하늘 위로 올라간다고 해서 저 빛을 벗어날 수는 없다는 사실을.

광기에 빠져 생각을 하지 못하는 그였지만 본능이 빛을 피하기 위해서는 마법진을 부숴야 한다고 시키고 있었다.

그는 자신의 본능이 시키는 대로 마나탄을 마법진 주위로 쏟아내었다.

하지만 다른 드래곤들이 마법진 주위를 지키고 있다.

무방비 상태에서 저 마나탄을 맞으면 드래곤이라 하더라도 목숨의 위협을 느낄 정도의 기운이었지만 지금은 방비를 마친 상태였다.

드래곤들은 배리어 마법을 펼쳐 마나탄을 무난하게 막아내었다.

마나탄을 쏟아내는 순간 잠시 발을 멈춘 네르키스였고, 마법진에서 뿜어 나오는 빛이 네르키스의 다리를 스멀스멀 기어 올라오기 시작했다.

빛이 다리에 닿는 순간 네르키스는 다리가 갉아 먹히는 느낌을 받았다.

그는 다급해졌다.

항상 자신은 포식자였다.

상대가 누구든지 거대한 덩치와 마나탄을 이용해 피 냄새를 즐기는 포식자였다.

하지만 지금은 자신이 당하고 있었다.

"용서할 수 없다! 감히 내가 누군지 알고 이따위 공격을 한단 말이냐!"

자신이 누구인지도 모르고 아무렇게나 말을 내뱉는 네르키스였지만 그가 지금 분노하고 있다는 사실만은 명확히 전해졌다.

그가 숨을 들이마셨다.

주변의 공기가 빠르게 그의 입안으로 빨려들어 갔고, 네르키스는 브레스를 뿜어내었다.

검고 탁한 브레스를.

광기에 드래곤 하트가 오염되었기에 그가 뿜어내는 브레스도 오염되어 있었다.

하지만 오염되었다고 해서 위력이 감소한 것은 아니었다.

오히려 브레스의 위력이 더욱 강해졌다.

광기가 네르키스의 한계를 끌어 올렸고, 브레스에서 나오는 기운은 지금까지 보지 못한 파괴력을 가지고 있었다.

드래곤들은 배리어만으로 네르키스의 브레스를 막지 못한다는 것을 짧은 순간 알아차리고 그들 모두 브레스를 뿜어내었다.

네르키스의 브레스가 강해 보이긴 했지만 열 마리가 동시에 브레스를 뿜어낸다면 충분히 막을 수 있다고 생각한 그들이었다.

하지만 그 생각은 오산이었다.

네르키스의 브레스는 타락했고 오염되어 있었다.

그의 브레스는 다른 드래곤들의 브레스를 파고들어 드래곤들의 몸속으로 오염된 기운을 파고들게 하였다.

한참이나 브레스를 뿜어내고 나서야 자신의 몸속에 마기가 숨어들어 왔다는 것을 알아차린 드래곤들은 브레스를 급박하게 멈추었지만 이미 늦어버렸다.

마기가 침투한 순간 그들은 힘을 제대로 쓰지 못했다.

마기에 의해 목숨이 위험한 상황은 아니었지만 힘을 쓰기 위해서는 몸을 정화시킬 시간이 필요했다.

하지만 네르키스는 그들에게 그 시간을 줄 생각이 없어 보였다.

그는 하늘에서 내려왔다.

중력을 이용해 그 큰 덩치를 드래곤들 위로 빠르게 떨어뜨려 내렸다.

쿠—웅!

네르키스의 몸에 그대로 적중당한 드래곤 한 마리가 입에서 피를 토했다.

마기에 의해 마나가 제대로 움직이지 않았기에 방어 마법을 펼칠 수가 없어 충격을 그대로 몸으로 견뎌야만 했다.

누군가가 그에게 치료 마법을 펼쳐주지 않는다면 조만간

자연으로 돌아갈 것만 같았다.

네르키스는 계속해서 움직였다.

마법진에서 쏟아져 나오는 빛이 여전히 자신의 발을 붙잡고 있었지만 그것에 신경 쓰지 않고 드래곤들을 향해 마나탄을 퍼부었다.

열 마리의 드래곤이 제대로 반항도 하지 못하고 쓰러지고 있다.

그 모습을 보고 있는 리치의 표정이 참담하게 바뀌었다.

자신이 가장 믿고 따르던 존재의 타락이 그를 슬프게 만들었다.

*   *   *

네르키스의 마기에 제대로 마법을 사용하지 못하는 드래곤들은 네르키스의 마나탄에 의해 바닥에 하나둘 쓰러져 가고 있었다.

학살의 시간이 다가오고 있었다.

퍼—엉!

마나탄 하나가 리치의 옆을 스치고 지나갔다.

피 냄새를 맡는 것을 좋아하는 네르키스였기에 피가 흐르지 않는 리치를 공격할 이유는 없었다. 단지 오발탄이 스치고 지나간 것일 뿐이다.

마나탄이 자신의 옆을 지나가자 리치의 정신이 돌아왔다.

슬픔에 빠져 하염없이 타락한 네르키스의 모습을 바라보고 있던 리치가 고개를 돌렸다.

그는 곧장 던전 안으로 달려갔다.

흡사 도망가는 것처럼 보였지만 그는 그럴 마음이 전혀 없었다.

"아직 완성하지 못했지만 지금 네르키스 님을 막을 방법은 하나뿐이다."

추용택을 봉인시킨 드래곤들에게 회의를 느낀 리치는 실험실을 벗어나지 않고 하나의 실험에 몰두했다.

실험에 몰두하면서 슬픔을 잊으려고 한 것이다.

그가 하고 있는 실험은 마수의 피를 배합해 단시간에 파오르와 비슷한 힘을 가지게 되는 방법이었다.

추용택의 피가 좋은 표본이 되어주어 실험은 막힘없이 진행되었다.

하지만 하나의 문제점이 있었다.

리치가 만든 알약을 먹으면 한순간 파오르와 비슷한 힘을 낼 수는 있지만 폭주하고 만다.

정신적인 폭주가 아니라 육체적인 폭주.

단시간 강한 힘을 끌어내 사용할 수는 있지만 육체가 그 힘을 견디지 못하고 부서지는 것이다.

그는 한순간의 고민도 없이 부작용이 있는 알약을 어디론 가 쑤셔 넣었다.

라이프 베슬이었다.

뼈밖에 남지 않는 리치였기에 알약을 입이 아닌 라이프 베슬에 넣은 것이다.

라이프 베슬이 담긴 항아리에서 엄청난 기운이 뿜어져 나오며 그 힘은 고스란히 리치에게로 이동되었다.

"이것이 파오르의 힘인가. 이렇게 강한 힘을 상대로 추용택이 싸웠다는 말인가. 대단한 사람이군."

리치는 강한 힘을 가지게 된 것에 놀랄 시간도 없었다.

자신의 동족을 죽이려고 하는 네르키스를 한시라도 빨리 막아야 했다.

그래야만 지옥에서 네르키스가 후회하지 않을 것이다.

리치는 마수의 힘이 집약된 기운을 몸에 담고 다시 던전 밖으로 뛰쳐나갔다.

처참했다.

정상적인 상태를 하고 있는 드래곤은 하나도 없었다. 일부는 몸이 갈기갈기 찢어졌고 드래곤 하트마저 조각나 자연으로 돌아가고 있었다.

네르키스는 피에 취해 있었다. 살육에 취하고 자신의 힘에 취했다.

오로지 파괴만을 일삼는 마수가 되어버린 것이다.

리치는 생각했다.

내가 네르키스 님을 막을 수 있을까?

드래곤을 손쉽게 상대하는 파오르의 힘을 단시간이나마 몸에 담긴 했지만 광기에 빠져 있는 네르키스를 상대로 승리할 수 있을 거라는 희망은 생기지 않았다.

자신은 전투에 적합한 인물이 아니었다.

전투를 치른 적이 얼마나 되는지 기억도 나지 않았다.

차라리 다른 드래곤에게 마수의 알약을 먹이는 것이 좋았을지도 몰랐다.

하지만 이미 늦어버렸다.

목숨이 붙어 있는 드래곤도 몇 되지 않았고 제대로 움직이는 드래곤은 하나도 없었다.

어쩔 수 없는 상황이 찾아온 것이다.

리치는 또 다른 사냥감을 찾아 움직이고 있는 네르키스의 앞으로 다가갔다.

"그만하십시오, 네르키스 님! 가장 증오하는 마룡의 모습으로 변한 것이 좋으십니까? 제발 이성을 되찾으세요! 엘프를 사랑하고 드워프들과 공존하고 싶어 하던 네르키스 님의 본성을 생각해 보세요!"

리치가 아무리 크게 소리쳐도 네르키스는 아무런 반응을 보이지 않았다.

그는 단지 자신의 앞길을 가로막는 해골 하나를 치우고 싶다는 마음뿐이었다.

네르키스의 손에서 마나탄이 만들어졌고, 그 마나탄은 리치를 향해 날아갔다.

네르키스와의 전투를 위해 그의 앞을 가로막은 리치였지만 실제로 네르키스의 공격이 자신에게 날아들어 오자 말로 표현할 수 없는 허탈한 마음이 들었다.

마수의 힘이 고스란히 가지고 있는 리치는 어렵지 않게 마나탄을 피해내었다.

자신의 마나탄을 피하는 리치가 거슬리는 네르키스는 마나탄을 여러 개 만들어 리치를 공격했다.

사방에서 날아드는 마나탄.

리치는 모든 마나탄을 피하는 것이 무리라는 것을 깨닫고 왼팔을 포기했다.

쾅!

리치는 왼팔을 잃었지만 그 덕에 네르키스의 지척에 도착할 수 있었다.

그는 고통을 느끼지 않았다.

이미 죽은 몸뚱이였기에 고통이 느껴지지 않는 것이 다행이었다.

리치는 마수의 기운을 모조리 나머지 남은 한 손에 끌어 올렸다.

드래곤과 상대해도 부족하지 않을 기운이 그의 손으로 모여들었다.

'죄송합니다, 네르키스 님. 이제 그만 본연의 모습으로 돌아오세요.'

마수의 기운이 리치의 몸 밖으로 뿜어져 나왔다.

그 순간 던전 안에 숨겨져 있는 리치의 라이프 베슬에 금이 가기 시작했다.

마수의 기운을 감당하지 못하고 라이프 베슬이 깨지고 있는 것이다.

라이프 베슬이 깨지고 있다는 것을 느낀 리치였지만 큰 동요를 하지 않았다.

오늘 자신이 사라질 것이라는 것을 이미 알고 있는 그였다.

리치는 마수의 기운을 드래곤의 약점이자 모든 것인 드래곤 하트를 향해 내보냈고, 네르키스는 아직 자신의 발을 잡아끄는 마법진의 빛에 의해 제대로 된 방어도 하지 못했다.

마수의 기운이 드래곤의 가슴을 때렸다.

엄청난 기운 간의 충돌이었다. 굉음이 인 것은 물론이고 주변에 후폭풍이 불어오기 시작했다.

드래곤과 리치의 주변에 있던 흙과 돌멩이가 사방으로 날려갔고, 드래곤의 기운을 먹고 자라나는 식물들도 뿌리가 뽑혀 날려갔다.

"쿨럭!"

네르키스의 입에서 검붉은 피가 흘러나왔다.

그런 네르키스의 모습을 바라만 보고 있는 리치였다.

이미 라이프 베슬에 금이 심하게 가기 시작했고, 마법은 물론이고 육체를 움직일 힘이 남아 있지 않았다.

네르키스는 입에서 흘러내리는 피를 닦을 생각도 하지 않고 가슴팍으로 손을 집어넣었다.

피가 하염없이 흘러나오는 그의 가슴 안에서 그는 작은 상자를 하나 꺼내 들었다.

"봉인 상자를 몸 안에 보관하고 계셨군요."

리치는 드래곤이 던전을 떠난 이후 몇 번이나 봉인 상자를 찾기 위해 던전 안을 뒤졌지만 찾지 못했다.

"이게 봉인 상자라는 것인가? 이 상자 덕분에 너의 공격을 막을 수 있었다. 크크크, 크아아아아!"

네르키스가 즐거운 듯 웃음을 내질렀다.

이번 전투의 승리자가 자신이라는 것을 본능적으로 느끼고 웃음을 내지른 것이다.

하지만 그가 모르는 사실이 하나 있었다.

마수의 기운에 의해 봉인 상자에 금이 가고 있다는 사실을.

네르키스는 봉인 상자를 바닥에 던져 버리고는 아직 미약하게 움직이고 있는 리치를 마무리하기 위해 발을 들어 올렸다.

그 순간, 봉인 상자에서 엄청난 기운이 쏟아져 나왔다.

"아, 시발, 네르키스! 너 죽여 버린다! 무슨 변명을 해도 죽여 버릴 거야!"

나는 봉인 상자에서 갇힌 후 얼마의 시간이 흘렀는지 기억도 나지 않았다.

마룡의 기운과 오행의 기운을 이용해도 부서지지 않는 봉인에 탈출을 포기하고 있었다.

하지만 포기하는 순간 엄청난 진동이 울려왔다.

그리고 미세하지만 빛이 보이기 시작했다.

그 틈을 벌려 드디어 탈출할 수 있게 되었다.

탈출을 하자마자 보이는 것은 머릿속으로 몇십 번이나 조각내었던 네르키스였다.

분노가 가시기 전에 그를 만난 것이 행운이었다.

먼저 애피타이저로 마룡의 불꽃이나 맛봐라.

마룡의 불꽃을 네르키스의 구멍 난 가슴을 향해 집어 던졌다.

왜 저런 상처를 입었는지는 중요하지 않았다. 지금은 그를 응징하는 것에만 집중하고 싶었다.

"크아아악!"

마룡의 불꽃이 네르키스의 상처를 더 벌려놓자 그는 고통에 찬 비명을 내질렀다.

"뭐야? 왜 마수들이나 내는 비명을 질러대고 지랄이야? 네르키스 네가 그런다고 해서 내가 용서해 줄 거라고 생각했다면 오산이야."

무언가 이상했다. 비명을 질러대는 네르키스의 모습이 정상처럼 보이지 않았다.

이상하다는 느낌이 들고서야 주위를 둘러보았다.

마수와의 전쟁이 끝나고 어느 정도 복구가 된 던전 주변이었지만 지금은 폐허나 다름없는 모습으로 변해 있었다.

그런데 익숙한 얼굴이 쓰러져 있다.

드래곤들.

그들이 왜 저런 모습으로 쓰러져 있지?

"어르신!"

드래곤들을 둘러보다 쓰러져 있는 리치를 발견했다.

그의 뼈가 사라지고 있었다.

라이프 베슬에 직접적인 충격을 당한 것이 분명했다.

"어르신, 왜 이런 모습을 하고 있는 겁니까? 다른 드래곤들은 왜 죽어 자빠져 있는 겁니까?"

뜨거운 물이 얼굴을 타고 흘렀다.

리치는 그런 나의 얼굴을 바라보며 힘겹게 입을 열었다.

"이제야 왔구나. 미안했다. 너의 봉인을 막지 못했다. 내가 미안하구나."

"아닙니다. 그런 말씀 하지 마세요. 어르신이 드래곤들이

하는 일을 어떻게 막을 수 있겠습니까. 말을 멈추시고 빨리 몸을 회복하세요."

"나는 이미 늦었다. 라이프 베슬이 깨졌구나. 이만 나를 놓아주거라."

리치는 그 마지막 말을 끝으로 사라져 버렸다.

뼈가 잘게 부서져 바람을 타고 몬스터 월드 곳곳으로 날아가 버렸다.

"네르키스 너 이 새끼, 도대체 무슨 짓을 저지르고 다니는 거야?! 말 좀 해보라고!"

아무리 화를 내고 소리를 질러보아도 여전히 네르키스는 아무런 말도 하지 않고 광기에 빠져 몸을 흔들어대고 있었다.

마법도 제대로 사용하지 못하는지 몸을 치료하지도 못하고 있었다.

네르키스가 내 목소리를 듣고 나를 바라보았다.

분노에 가득 찬 저 눈.

어디선가 본 적이 있다.

네르키스의 가슴을 태우고 있는 마룡의 불꽃을 얻기 위해 싸운 마룡의 눈과 네르키스의 눈은 다르지 않았다.

"너 결국 그렇게 되어버렸구나. 이렇게 변해 버릴 거 왜 그런 선택을 했어."

안쓰러웠다. 네르키스가 저렇게 변한 이유를 알 것만 같았다.

자신의 신념과 양심 사이에서 고민했을 것이다.

그러다가 자신을 놓아버렸다.

광기에 몸을 맡겨 버린 것이다.

"크아아아아!"

네르키스의 비명 소리가 너무도 불쌍했다.

빠르게 끝을 내줘야 했다.

그의 가슴을 향해 날아갔다.

마룡의 불꽃이 여전히 그의 가슴을 파먹고 있었다.

마룡의 불꽃이 꺼지기 전까지 그는 고통을 느껴야 한다.

그것은 네르키스에게 너무나 가혹한 형벌이었다.

나는 그의 고통을 멈추게 하기 위해 가슴에 나 있는 상처 안으로 몸을 집어넣었다.

마나를 끊임없이 뿜어내고 있는 드래곤 하트를 어렵지 않게 발견할 수 있었다.

드래곤 하트를 향해 마룡의 불꽃과 오행의 기운을 뭉쳐 던졌다.

아무런 방어도 하지 못한 드래곤 하트가 터지며 엄청난 마나 폭풍이 드래곤 하트에서 쏟아져 나왔다.

더는 네르키스가 비명을 지르지 않았다.

살아남은 몇 마리의 드래곤만이 덩그러니 쓰러져 있고 네르키스도 리치도 사라지고 없어져 버렸다.

자연으로 돌아간 것이다.

허망했다. 그들의 마지막이 너무도 허망했다.

"괜찮은가?"

그런 드래곤이 나에게 슬금슬금 다가왔다.

괜찮으냐고?

그의 질문에 헛웃음이 나왔다.

"말 걸지 마세요. 한 마디만 더 하면 당신의 드래곤 하트를 갈기갈기 조각내 버릴지도 모르니까요. 당신들이 나에게 한 짓을 평생 잊지 않을 겁니다. 저를 피해 도망 다니세요. 저와 다시 마주치는 순간 죽여 버릴 겁니다."

드래곤들은 제대로 몸이 회복되지도 않았지만 나의 분노를 피해 던전 밖으로 빠져나갔다.

저들이 세계의 균형을 지키기 위해 노력했다는 것은 알고 있다.

하지만 나에게 한 짓들을 용서하고 싶지는 않았다.

던전 주위로 적막감이 흘렀다.

아무도 있지 않는 이곳에서 한참이나 슬픔을 느끼고 있었다.

"그래, 산 사람은 계속 살아야지. 다음 생에 만나면 술이나 한잔합시다."

네르키스와 리치의 마지막을 애도하기 위해 무덤을 만들어주었다.

나는 던전에 기운을 쏟아내어 부숴 버리고 그 위에 리치가 나에게 준 검을 박아주었다.

　큰 소란이 일어나자 엘프 장로와 드워프 족장이 던전을 찾아와 모든 것이 부서진 던전과 나를 번갈아 바라보며 다가왔다.

　"계속 여기서 지내실 생각이십니까? 차라리 저를 따라 도시로 들어가는 것이 좋지 않겠습니까?"

　아직 마수들이 남아 있었다.

　드래곤들이 몸을 회복하고 계속해서 마수들을 봉인시킬 것이겠지만 마수들을 완전히 봉인시키는 데 얼마의 시간이 걸리지는 몰랐다.

　"나는 괜찮다네. 이미 광산을 만들기 시작했네. 이곳을 두고 내가 어디로 간단 말인가."

　"그렇군요. 장로님은 어떻게 하실 겁니까? 원하신다면 세계수를 도시로 이전할 수 있습니다. 엘프가 도시로 들어온다면 형식이가 기뻐할 겁니다."

　"우리도 괜찮네. 이미 세계수의 뿌리가 깊게 박혀 있다네. 형식이에게는 미안하지만 우리는 여기를 떠날 수 없다네. 이곳이 마수로부터 안전을 되찾게 된다면 형식이를 다시 가르치고 싶을 뿐이네."

　"알겠습니다. 그러면 언제가 될지 모르겠지만 다시 찾아오겠습니다. 그동안 건강하세요."

나는 마지막으로 엘프와 드워프에게 인사를 하고는 도시로 돌아갔다.

한동안은 몬스터 월드에 발을 들이지 않을 생각이다.

제12장
끝과 시작

마수와의 전쟁이 끝난 지 일 년이 지났다.

마수들에 의해 몬스터 월드는 황폐해졌고, 몬스터 범람은 더 이상 걱정하지 않아도 되었다.

각 나라들은 빠르게 도시를 복구하기 시작했고, 가장 빠른 속도로 성장하고 있는 나라는 한국과 일본, 그리고 미국이었다.

일본 수련생들은 헌터 협회장은 물론이고 정부 부처의 주요직을 전부 역임하고 있었고, 당연히 그들이 그런 자리에 있는 동안 한국과 일본 간의 사이는 전에 보지 못할 정도로 좋아졌다.

바쁘게 움직이는 일본 수련생들의 얼굴을 보는 것은 힘들었다. 사장은 한 번씩 일본으로 넘어가 그들의 얼굴을 보았지만 나는 그럴 수가 없었다.

일이 많아서? 몬스터 사냥을 위해서? 후진 양성을 위해서?

전부 아니었다.

"여보, 오늘 우리 용수가 일어섰어요. 저것 봐요. 조금씩이지만 걷기도 한다고요."

"와, 진짜네. 당신은 천재를 낳은 것이 분명해."

나는 마을을 떠나고 싶지 않았다.

이곳을 잠시도 떠나고 싶은 마음이 들지 않아 일본은 물론이고 새로운 헌터 협회가 생긴 서울도 방문하지 않았다.

몬스터 범람 기간 동안 용케 숨어 목숨을 유지하고 있던 헌터 협회장과 정부 고위직들의 얼굴을 보고 싶지 않았다.

그들이 나에게 수백 통의 초청장을 발송했지만 나는 마을을 벗어나지 않았다.

솔직히 그들이 잘한 게 뭐가 있어서 얼굴을 보러 거기까지 가겠는가. 자식새끼와 마누라하고 시간을 보내는 것이 훨씬 이득이었다.

형식이는 요즘 들어 엘프 마을을 다시 찾아가고 있었다.

1년이라는 시간 동안 마수 대부분이 드래곤에 의해 봉인되었고, 엘프 마을이 안전하다고 판단되어 나는 형식이를 보내주었다.

사실 마수들이 형식이에게 달려든다고 해서 큰 걱정은 되지 않았다.

　형식이의 정령술은 하루가 다르게 성장하여 이제는 슈트를 입은 부대원들까지 이길 정도가 되었다.

　내 동생이지만 어디서 저런 괴물이 튀어나왔는지 싶다.

　"용택아, 맨날 집에만 있으면 소 된다. 나와서 족구나 한 판 하자. 특별히 끼워줄게."

　창문을 열고 찬바람을 맞고 있을 때 그 모습을 보고 있던 사장이 나를 불렀다.

　"괜찮아요. 그냥 이렇게 있고 싶어요."

　"좀 나오라고. 말 더럽게 안 듣네. 빨리 나와, 인마."

　발까지 동동 구르며 나를 부르는 사장의 모습이 안쓰러워 오랜만에 집 밖으로 나왔다.

　"요즘 세상 돌아가는 소식은 듣고 있냐? 너희 집에 몇 번이나 소식지를 보냈는데 읽어는 봤냐?"

　"아니요. 딱히 신경 쓰고 싶지 않아요. 이제는 평화의 시대잖아요. 우리가 힘을 쓸 때가 아니라 조나단 같은 기술자들이 활약할 시간이죠."

　"그건 그렇지. 오늘 온 소식지를 봤는데 재밌는 내용이 있더라. 요즘 들어 가장 각광받는 직업이 뭔지 알아?"

　"헌터는 이제 한물갔으니 과학자나 기술자, 혹은 건축가가 아닐까요?"

"아니야. 트레저 헌터야."

"트레저 헌터요? 딱히 보물이라고 할 만한 게 없잖아요."

"말이 좋아서 트레저 헌터지 사실은 시체 도굴꾼들이야. 몬스터 범람에서 죽은 몬스터들의 시체를 뒤져 마정석을 찾는 사람들을 트레저 헌터라고 좋게 말하고 있는 거지."

"그게 직업이 될 만한가요? 아무리 생각해도 효율이 많이 떨어질 것 같은데."

"사실 우리가 전국의 몬스터들을 토벌할 때 제대로 마정석 수거를 하지 않았잖아. 그 덕에 전국 도처에 몬스터 시체가 숨어 있는 거지. 잘만 찾으면 수십 마리의 몬스터 시체를 찾을 수 있고, 그렇기만 하면 잭팟이지. 죽을 때까지 일 안 해도 먹고살 수가 있게 되는 거야."

"되게 자세하게 읽으셨네요. 관심 있으세요? 이제 족구 심판은 그만두고 도굴꾼 하시려고요? 하신다면 제가 적극 지원해 드릴게요."

"뭐래? 내가 왜 트레저 헌터를 하냐? 나는 그냥 교관이나 하면서 살란다."

평화의 시대가 찾아오긴 했지만 우리는 대비를 소홀히 할 수 없었다.

그렇다고 해서 내가 직접 몸을 움직이기는 싫었고, 추수와 사장을 필두로 새로운 헌터들을 교육시켰다.

나는 추수와 사장이 필요로 할 때 자문에 응하는 정도였다.

점점 각성자의 수는 줄어들고 있었다.

특히 전투 능력에 특화된 새로운 각성자를 찾아보기는 하늘의 별 따기만큼 힘들었다.

우리는 수련생을 이제는 필기시험과 실기시험을 통해서만 선발했다.

전국 각지에서 찾아온 헌터들은 새로운 수련생이 되기 위해 노력했으나 그것은 공무원이 되는 것보다 힘들었다.

하지만 모든 헌터는 공무원보다 우리의 수련생이 되기를 원했다.

가장 안전한 곳에 터전을 잡을 수 있는 것은 물론이고 봉급도 적지 않았다.

그리고 유일하게 과학의 혜택을 받을 수 있는 도시가 여기였다.

현재 생존한 사람들은 모두 몬스터 범람 이전의 생활을 그리워하는 사람들이었고, 당연히 이곳에 자리를 잡고 싶어 했다.

"새로운 부대원들은 잘 교육시키고 있는 거죠? 아무리 몬스터 범람이 일어나지 않는다고 해서 새로운 위험이 찾아오지 말라는 법은 없어요."

"그렇게 걱정되면 네가 직접 교육시키든가. 우리가 하루이틀 한 것도 아니고 이제는 눈 감고도 교육시킬 수 있으니까 걱정 안 해도 돼."

사장 대신에 족구 시합의 심판을 봐주고 다시 집으로 돌아왔다.

전투 족구.

도시의 모든 각성자가 즐기는 스포츠였다.

이제는 구경꾼까지 생겨났고, 내기를 하는 등 도시에서 가장 인기 있는 스포츠였다.

축구와 야구 같은 이전의 스포츠도 물론 하긴 했지만 박진감 넘치고 인간의 한계를 뛰어넘는 기술이 나오는 전투 족구와 비교할 수는 없었다.

"오늘은 나갔다 오셨네요. 한참이나 찾았어요."

"왜? 무슨 일 있어?"

카린이 다급한 표정으로 나를 이끌고 이자벨의 방으로 들어갔다.

"이자벨, 왜 그런 표정을 하고 있어? 어디 좋지 않은 곳이라도 있어?"

"저 드디어… 드디어……."

"드디어 뭐? 말을 끝까지 해야지."

"아기를 가졌어요! 드디어 당신의 피가 흐르는 아기가 제 뱃속에서 자라나고 있어요!"

"정말이야? 정말 아기를 가졌단 말이야?"

나는 바로 이자벨의 배에 귀를 가져다 대었다.

자그마한 생명의 기운이 느껴졌다.

정말 이자벨이 나의 아기를 가진 것이다.

"축하해. 그리고 고마워, 이자벨. 정말 고마워."

나는 이자벨을 꼭 끌어안고 서로의 온기를 느꼈다.

"이제 꼬맹이들은 제가 맡을 테니 이자벨은 몸조리에만 신경 쓰세요."

카린이 꼬맹이라고 부르는 존재는 다름 아닌 어린 뱀파이어들이었다.

어린 뱀파이어라고 하기에는 성장이 너무도 빨랐다.

이미 그들은 성인이라고 불러도 될 정도로 성장했다.

자연계 몬스터를 원 없이 마신 그들이었기에 성장이 다른 뱀파이어보다 빠를 수밖에 없었다.

그런 뱀파이어들을 노리고 있는 사람이 있었다.

바로 사장이다.

제대로 된 능력을 가진 수련생의 수가 줄어들고 있는 지금 인간보다 월등한 힘을 가지고 있는 뱀파이어들은 사장의 관심을 끌었다.

조만간 그들은 사장의 손에 이끌려 새로운 수련생이 될 것이다.

뱀파이어는 수명이 길다.

내가 죽고 부대원들이 사라져도 마을을 지킬 존재들이다.

그랬기에 그들의 성장을 위한 모든 것을 지원해 주었다.

자연계 몬스터의 피를 구하기 힘들어지자 내 피를 조금 뽑아 동물들의 피와 희석시켜 그들에게 주기까지 했다.

뱀파이어들은 나를 아버지로 따르고 있었다.

나도 그들을 자식으로 생각하고 있다.

내게는 이자벨의 뱃속에서 자라나고 있는 생명과 다르지 않은 그들이다.

평화로운 시간이 흘러 다시 10개월이 지났다.

그동안 자잘한 사건이 터진 것 말고는 아무런 일도 벌어지지 않았다.

자잘한 사건이라고 하면 도시의 마정석 보관소를 털려고 한 전문 털이범들이 잡힌 것 정도이다.

그들은 사정을 몰라도 너무 몰랐다.

특히 마정석 보관소를 지키는 사람 중에 슈트를 입은 부대원뿐만 아니라 조나단도 있었다는 사실을.

조나단의 연구실은 마정석 보관소의 바로 옆에 위치했고, 부대원들보다 먼저 도둑을 발견한 것은 조나단이었다.

그들은 조나단이 만든 쇠 지옥에 갇혀 하루를 보내고, 다음 날 해가 밝아오자마자 울고불고 살려달라고 빌었다.

그 사건 이후 마정석을 노리고 달려드는 도둑은 발생하지 않았다.

그리고 오늘 큰 사건이 하나 생겼다.

바로 오늘이 드디어 고대하던 나와 이자벨의 아기가 태어나는 날이다.

나는 초조하게 문 앞을 서성거렸다.

이미 한 번의 경험이 있지만 그래도 이 순간이 긴장되는 것은 어쩔 수가 없었다.

"야, 좀 가만히 있어. 나보다 더 강한 이자벨이 어떻게 되기라도 하겠냐. 아기를 가지고 있는 상황에서도 우리 부대원 열 명은 순식간에 정리하는 이자벨인데 걱정을 왜 사서 해?"

"아니, 그래도 걱정되는 건 어쩔 수가 없어요. 사장님은 이런 경험이 없어서 제가 무슨 마음인지 몰라요."

"뭐야, 지금 노총각 무시하는 거야? 내가 누누이 말하지만 나 좋다고 따라다니는 여자가 얼마나 많은지 알아?"

나는 사장의 말이 귀에 들어오지 않았다.

오로지 이자벨이 무사히 아기를 순산하기만을 기도했다.

문이 열렸다.

"이제 들어오셔도 돼요."

카린이 환하게 웃으며 손짓했다.

방 안으로 들어가자 자그마한 생명을 품에 안고 있는 이자벨이 보인다.

그녀는 세상 모든 것을 다 가진 듯한 표정이었다.

"수고했어. 정말 수고했어. 그리고 고마워."

나를 처음 보는 아기는 내가 자신의 아빠라는 것을 알기라도 하는지 내 손가락을 꼭 쥐고는 놓아주지 않았다.

그렇게 새 생명이 태어나고 다시 몇 달이 흘렀다.

이제는 정말 집 밖으로 한 걸음도 나가지 않았다.

부인들과 자식들의 재롱을 보는 재미에 푹 빠져 시간 가는 줄 모르고 보냈다.

하지만 불청객이 마을에 찾아왔다.

헌터 협회장.

그가 마을로 찾아온 것이다.

그는 나의 경고를 잊었는지 당당한 모습으로 나를 찾아왔다.

그런 협회장을 보고 있자니 좋은 말이 입 밖으로 튀어나오지 않았다.

"왜 찾아오신 거죠? 제가 다시는 찾아오지 말라고 한 것 같은데요."

협회장은 차가운 얼굴을 하고 있는 나를 보고서도 얼굴 표정 하나 바꾸지 않고 말을 걸었다.

"얼굴이 좋아 보이는구만. 아들이 생겼다는 얘기는 들었네. 축하하네. 여기 축하 선물이네."

주는 선물은 일단 받았다. 사람이 싫은 거지 선물이 싫은 것은 아니었으니까.

"빨리 본론이나 말하세요. 선물이나 주자고 온 것은 아닐 테고, 이번엔 무슨 일입니까?"

"그게 말이지… 나라를 발전시키기 위해서는 많은 자원이 필요한데 특히 마정석이 필요하네. 그런데 마정석을 구하기가 예전보다 쉽지 않아져서 말이지."

"그래서 우리한테 마정석을 달라고 온 겁니까?"

"내가 어찌 그냥 달라고 하겠는가. 값을 치르고 사겠네. 그리고 원하는 것이 무엇이든지 다 구해주겠네."

"아니, 마정석이 부족할 리가 있습니까? 몬스터 범람에서 얼마나 많은 몬스터를 잡아 죽였는데 마정석이 부족하다니요. 마정석을 어디로 빼돌린 거 아닙니까?"

"아니, 대한민국 정부를 뭐로 보고 그런 말을 하는 건가?"

"몬스터 범람에서 제 목숨 살고자 도망친 사람들이니 제가 이런 말을 하는 거죠. 많은 양의 마정석을 주지는 못해도 거래는 하기로 하죠."

도시에 마정석은 넘쳐흘렀다. 마정석 보관소를 다 채우고도 남는 마정석이 도시에 있고 협회장에게 마정석을 주어도 충분한 양이다.

"그리고……."

말을 이으려고 하는 협회장이다. 왠지 불길한 예감이 들었다.

"말하지 마세요. 듣지 않을 겁니다."

"그게 말이야, 중국에서 난민들이 한국으로 들어오고 있는데 통제가 제대로 되지 않고 있다네. 특히 각성자까지 포함되어 있는 난민이라서 우리의 힘으로는 막기가 불가능하다네. 도와주게나."

결국 도와달라는 말을 하려고 여기까지 온 그였다.

"아니, 저희가 무슨 구호단체도 아니고 위험한 일만 생기면 저희를 찾는 겁니까. 일없으니 가세요."

협회장에게 싫은 소리를 하긴 했지만 부대원들을 파견시켜 주기로 했다.

중국에서 넘어온 난민 사이에 각성자들이 있다면 그들의 힘만으로 막는 것은 불가능했다.

중국에서 넘어온 난민들을 막기 위해 부대원들이 출발한 지 일주일이 넘었다.

그들의 상황이 궁금해 오랜만에 텔레포트를 사용했다.

"사장님, 잘하고 계세요?"

"오, 어쩐 일이야? 평생 동안 집 안에서만 지낼 것 같더니 여기까지 다 오고."

"그냥 궁금해서 찾아왔어요. 오랜만의 출동인데 무슨 일은 없나 싶어서요."

"무슨 일이랄 게 있나? 저기 보이는 난민들만 막으면 되는 일인데. 처음 며칠 동안만 작은 충돌이 있었고 이제는 작은 소란도 없다. 하긴 나 같아도 이런 슈트를 입고 있는 부대원들이 지키고 있으니 넘어올 생각을 하지 못하겠다."

나는 길게 늘어선 난민들을 바라봤다.

그들은 몬스터 범람에서 살아남은 생존자들이었다.

중국에서 희망을 찾지 못한 난민들이 한국으로 넘어오고

있는 것이다.

저들이 안쓰럽긴 했지만 저들 모두를 받아들일 수는 없었다.

한국에서 살아남은 생존자들을 보살피기에도 여력이 달리는 정부이다.

그런데 난민 속에서 익숙한 기운이 느껴졌다.

어디서 많이 느껴본 기운이다.

누구지? 누군데 이런 익숙한 기운을 뿜어내는 거지?

난민 속에서 숨어 있는 한 명이 눈에 들어왔다.

처음 보는 얼굴이다. 하지만 그의 기운은 익숙했다.

블라디미르와 검은 로브에게서 느낀 그 기운.

바로 죽음의 기운이었다.

죽음의 기운을 가지고 있는 사람이 다시 나타난 것이다.

이 기운이 다시 나타났다는 것은 다른 제자들의 기운도 세상에 나타났을 수가 있다는 말이다.

그들이 다시 나타난다면 몬스터 범람이 다시 일어날지도 몰랐다.

막아야 했다.

나는 사장과 부대원들을 두고 난민 속으로 뛰어들어 갔다.

*　　　*　　　*

언제와 다름없이 달이 지고 태양이 떠오르고 있다.

세상을 밝히는 빛이 도시를 비추자 도시 위에 가장 높게 떠 있는 동상이 모습을 드러냈다.

저 동상의 주인은 세상을 구원한 사람이라고 역사에 기록되어 있으며 나의 아버지이기도 한 존재이다.

아버지가 죽은 지 100년이라는 시간이 흘렀다.

아버지는 120살이라는 고령의 나이까지 정정하게 살다 자연으로 돌아가셨다.

그분의 죽음에 도시 사람뿐만 아니라 몬스터 월드에 살고 있는 존재들까지 눈물을 흘렸다.

아버지가 돌아가시고 몇 년간 혼돈의 시간이 찾아왔다.

각성자의 수가 점점 줄어들고 슈트를 작동시킬 수 있는 능력을 가진 사람이 더는 나타나지 않았다.

결국 슈트의 주인은 사람이 아니라 우리 뱀파이어들이 되었다.

나는 뱀파이어도, 사람도 아닌 그 중간에 위치하고 있다.

나의 어머니인 이자벨이 나를 그렇게 생각하게 만들었다.

나와 다른 뱀파이어들은 아버지를 대신해 도시를 지키는 수호자가 되었다.

거기에 불만을 가지는 뱀파이어는 아무도 없었다.

아버지가 우리에게 준 사랑이 얼마나 큰지 잘 알고 있기에 우리는 당연히 아버지가 사랑하는 도시를 지켜야 한다는 사명감을 가지고 있었다.

아버지를 역사책에서가 아니라 직접 보고 기억하는 사람이 이제 얼마 남지 않았다.

나를 보살펴 주던 형들과 누나도 이제는 아버지를 따라 자연으로 돌아갔고 아버지를 기억하는 사람은 뱀파이어뿐이다.

하지만 아버지의 이름을 모르는 사람은 아무도 없었다.

역사책의 1페이지에 적혀 있는 아버지의 이름은 정규 교육을 받은 사람이라면 필수적으로 외우고 있어야 하는 이름이다.

"추수호 님, 도시 외곽에서 이상한 움직임이 포착되었습니다."

내 이름은 수호다. 아버지는 내가 도시를 수호하라는 의미로 이런 이름을 지은 것 같았다.

"알겠습니다. 바로 확인해 보겠습니다."

아버지의 피가 내 몸을 타고 흐르고 있다.

아버지는 내가 갓난아기일 때 자신의 피를 이유식 대신 먹였다고 했다.

그랬기에 나는 일반적인 뱀파이어보다 더 강한 힘을 가지게 되었고, 그들의 수장이 되었다.

나는 오늘도 아버지의 뜻을 따라 도시를 지키기 위해 움직여야 한다.

몬스터가 더는 나타나지 않는 세상이다.

도시 밖에서 문제를 일으키고 있는 존재는 아마 도시에 있는 얼마 남지 않은 마정석을 노리고 온 도둑일 가능성이 높았다.

현재 마정석을 보유하고 있는 도시는 우리뿐이었다.

다른 도시와 국가에서는 이미 마정석이 말라 버렸다.

세계를 황폐화시켰으며, 마정석을 세상에 내놓은 몬스터 범람은 다시 일어나지 않았다. 몬스터 도어를 넘어갈 각성자가 새로 나타나지 않고 있기에 마정석을 구할 방법이 없었다.

우리는 나와 뱀파이어들이 꾸준히 몬스터 사냥을 했기에 도시에는 적당량의 마정석이 쌓여 있었다. 정부에서는 우리에게 마정석을 공유하자고 몇 번이나 사람을 보내왔지만 공유할 만큼 마정석의 양이 많지는 않았다.

"저 먼저 가보도록 하겠습니다. 부대장은 부대원들과 함께 마정석 보관소를 지켜주세요."

내 예상대로 도시의 장벽 주변을 어슬렁거리던 사람들은 마정석을 노린 도둑들이었고, 나는 그들에게 약간의 응징을 가한 후 풀어주었다.

그들에게 오랜 시간 뺏길 수는 없었다.

오늘은 특별한 날이었다.

뱀파이어들은 자식을 잘 낳지 않았다. 평생에 한 명의 자식을 두는 정도이다.

최근에는 열 명의 새로운 뱀파이어들이 태어났고, 그들은 오늘 수련생이 된다.

나는 그들을 루카라스의 보금자리로 안내하여야 했다.

"모두 정렬해. 오늘부터 더는 어린 뱀파이어는 존재하지 않는다. 자네들은 전부 새로운 부대원이 되기 위해 수련을 받는다. 다들 각오는 되어 있겠지?"

"네!"

나는 새로운 수련생들을 데리고 드래고니안의 보금자리로 이동했다.

오랜만에 보는 루카라스가 우리를 반겨주었다.

"새로운 수련생들인가? 열 명밖에 되지 않는군."

그는 아쉬워했다. 열 명의 수련생만으로는 루카라스를 만족시키지 못한 것이다.

나는 물론이고 모든 뱀파이어가 루카라스의 수련을 견디어내었다.

그랬기에 그의 수련이 얼마나 지옥 같은지 잘 알고 있다.

아직은 웃는 얼굴로 수련을 기다리고 있는 어린 뱀파이어들의 웃음이 이제 5분도 남지 않았다.

"그러면 잘 부탁드리겠습니다, 루카라스 님."

"그래, 내가 어엿한 전투 요원으로 만들어놓을 테니 걱정하지 말거라. 그리고 요즘 들어 단 게 당기는데 초코파이는 아직 구하지 못한 것이냐?"

요즘 들어 유독 단것을 더 찾는 루카라스였다.

그의 입맛을 충족시켜 주기 위해 주기적으로 주전부리를 제공하고 있었지만 그의 입맛은 고급이었다. 나도 먹어보지 못한 주전부리를 어찌나 잘 알고 있는지 주전부리를 구하는 것이 쉬운 일이 아니었다.

"아직 구하지 못했습니다. 구한다고 노력은 하고 있으니 조만간 찾을 수 있을 것 같습니다. 대신에 여기 사탕 몇 봉지를 가지고 왔습니다."

루카라스는 아쉬운 표정을 숨기지 않으며 사탕을 받아 들었다.

나와 다른 부대원들은 루카라스에게 어린 수련생들을 맡기고 다시 도시로 돌아갈 채비를 했다.

"으아아아아!"

"이제 시작하는 것 같습니다. 저 비명을 들으니 처음 수련할 때가 새록새록 기억납니다."

"그게 기억나세요? 저는 기억에서 완전히 잊었습니다. 그 기억을 할 때면 삭신이 쑤셔서요."

"저는 아직도 꿈을 꿉니다. 루카라스 님에게 수련받는 꿈을요."

『순혈의 헌터』 완결

초대형 24시 만화방

신간 100%, 샤워실, 흡연실, 수면실(침대석), 커플석, 세탁기 완비

▪ 강북 노원역점 ▪

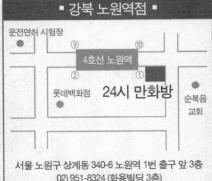

서울 노원구 상계동 340-6 노원역 1번 출구 앞 3층
02) 951-8324 (화용빌딩 3층)

▪ 일산 정발산역점 ▪

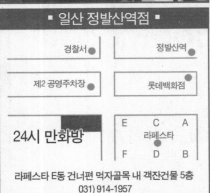

라페스타 E동 건너편 먹자골목 내 객잔건물 5층
031) 914-1957

▪ 일산 화정역점 ▪

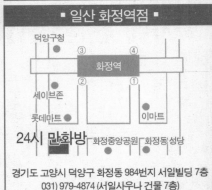

경기도 고양시 덕양구 화정동 984번지 서일빌딩 7층
031) 979-4874 (서일사우나 건물 7층)

▪ 부천 역곡역점 ▪

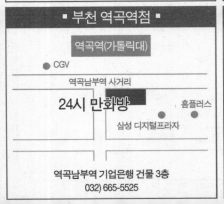

역곡남부역 기업은행 건물 3층
032) 665-5525

▪ 부평역점 ▪

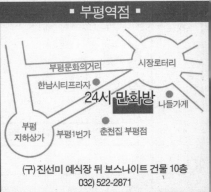

(구)진선미 예식장 뒤 보스나이트 건물 10층
032) 522-2871

월야환담

채월야 · 홍정훈 장편 소설

"미친 달의 세계에 온 것을 환영한다!"

서울을 중심으로 펼쳐지는 뱀파이어, 그리고 뱀파이어 사냥꾼들의 이야기!
한국형 판타지의 신화, 월야환담 시리즈 애장판
그 첫 번째 채월야!

현대 소환술사

THE MODERN SUMMONER

FUSION FANTASTIC STORY

현윤 퓨전 판타지 소설

하늘이 무너져도 솟아날 구멍은 있다!

드래곤의 실험으로 모진 고난을 겪어야 했던 레비로스!
우여곡절 끝에 소환술사가 되어 최강의 자리에 오르지만
운명은 그를 나락으로 떨어뜨린다.

『현대 소환술사』

다시 한 번 주어진 삶!
그러나 그마저도 암울하기 그지없는데…….

소환술사 레비로스의
인생 역전이 시작된다!

Book Publishing CHUNGEORAM

운명이 아닌 자유추구
WWW.chungeoram.com

글샘 장편 소설

FUSION FANTASTIC STORY

세상을 다 가져라

[세상을 다 가져라]

문피아 선호작 베스트 작품 전격 출간!
현대판타지, 그 상상력의 한계를 넘어서다!

권고사직을 당한 지 2년째의 백수 권혁준.

우연히 타게 된 괴상한 발명품으로 인해
과거로 회귀한다!

그런데
과거로 온 혁준의 손에 들려 있는 것은 바로
최신형 스마트폰!

"까짓 세상, 죄다 가져 버리겠다 이거야!"
백수였던 혁준의 짜릿한 인생 역전이 시작된다!

Book Publishing CHUNGEORAM

유행이 아닌 자유추구 -
WWW.chungeoram.com

진공 삼국지

2세기 말 중국 대륙.
역사상 가장 치열했던 쟁패(爭覇)의
시기가 열린다!

중국 고대문학을 공부하던 전도형,
술 마시고 일어나니 도겸의 둘째 아들이 되었다?

조조는 아비의 원수를 갚으러 쳐들어오고
유비는 서주를 빼앗으려 기회만 노리는데…….

"역시 옛사람들은 순수하다니까.
　유비가 어설픈 연기로도 성공한 데는 다 이유가 있지, 암."

**때로는 군자처럼, 때로는 효웅처럼!
도형이 보여주는 난세를 살아가는 법!**

FUSION FANTASTIC STORY

비츄 장편소설

올 스탯 슬레이어

강해지고 싶은 자, 스탯을 올려라!
『올 스탯 슬레이어』

갑작스런 몬스터의 출현으로 급변한 세계.
그리고 등장한 슬레이어.

[유현석 님은 슬레이어로 선택되었습니다.]
"미친… 내가 아직도 꿈을 꾸나?"

권태로움에 빠져 있던 그가…

"뭐냐 너?"
"글쎄. 나도 예상은 못했는데, 한 방에 죽네."

슬레이어로 각성하다!

Book Publishing CHUNGEORAM

유행이 아닌 자유추구 -
WWW.chungeoram.com